내 마음에 상처주지 않는 습관

남에게는 관대하고

나에게는 엄격한 사람들을 위한

자기친절 수업

내 마음에 ✕ 상처주지 않는 습관

김도연 지음

언더라인

불완전한 나를 보듬고 감싸 안는 법

슬픔을 헤아리며, 고통의 파도를 직면하며

어린 시절의 기억을 떠올리면 가장 먼저 생각나는 저의 모습은 마당에 있는 커다란 라일락 나무의 흩어지는 꽃잎을 보며 홀로 앉아 있는 아이의 모습입니다. 따뜻한 햇살과 바람, 무척이나 고요한 봄날의 오후는 친구처럼 편안했지만, 한편으론 외롭고 쓸쓸했습니다. 저는 할머니가 키워주셨습니다. 늘 자애롭고 친절하며 다정한 할머니의 음성과 애정 어린 손길이 닿았던 모든 순간은 지금도 선명합니다. 늘 조건 없는 사랑을 듬뿍 주셔서 '나는 소중한 사람이야'라는 좋은 자기개념이 일찍이 생겼고, 무척이나 내향적인 성격임에도 새로운 도전을 선택할 줄

아는 용기 있는 아이였습니다. 그런데 마음 안에는 늘 실체 없는 외로움이 따라다녔고, 때론 슬픔이 되어 마음을 짓눌렀습니다. 당시 자주 드는 생각은 '난 왜 이렇게 마음이 힘들까'였습니다. 그런데 어느 날 할머니가 제 손을 잡으시곤 라일락 나무가 가득한 어느 공원에 데려가시더니 실컷 떨어지는 꽃잎을 보게 해주셨습니다. 꽃잎의 향연이 너무 예뻤지만 그만 눈물이 왈칵 쏟아져나오더니 참을 수가 없었습니다. 그런 저를 등 뒤에서 쓰다듬어주시며 울어도 괜찮다고 해주십니다. 그날 저는 집어삼킬 듯한 그 외로움과 좋은 친구가 되었습니다. 이 감정이 잘못된 감정이 아니라는 것을 알게 되었고, 오히려 슬픔을 인정해줄 때 평화가 깃든다는 것도 배웠습니다.

누군가의 고통에 초대된 삶, 사랑으로 감싸 안으며

임상심리학자의 삶에는 수많은 분들의 고통과 괴로움이 함께합니다. 다른 누군가에게는 차마 꺼낼 수 없던 심중의 아픔을 나누는 동안 슬픔과 절망, 분노와 좌절, 외로움과 공허함, 생과 사에 이르는 철저한 현존의 고통이 지나갑니다. "어떻게 해야 제 마음이 편해질 수 있나요?" 많은 분들이 제게 묻는 질문 중 하나입니다. 심리학에는 삶의 고통을 지혜롭게 다루도록 돕는 좋은 해법들이 참 많습니다. 자신을 이해하고 스스로를 돕기 위한 잘 갖춰진 방법들은 단순히 문제를 극복하는 것에 그치지 않고 삶에 대한 통찰과 사랑, 자신을 향한 자애로움과 수용의 관대함을 따뜻하게 안내합니다. 이 책은 그간의 임상심리치료의 현장에서 자신을 돌보며 치유의 회복력을 보여주셨던 많은 분들의 이야기와 경험, 그리고 상처로부터 벗어나 온전한 나로서의 삶을 돕기 위한 현실적인 방법들이 마련되어 있습니다. 내 안의 두려움을 마주하며 상처를 치유하는 인생의 지혜를 심리학이란 학문 안에서 하나하나 풀어내는 동안 여러분들의 삶 속에 있는 행복이 여러분 곁이길 소망해보았습니다.

'삶은 무엇일까요' '우리는 왜 고통을 겪을까요' 그리고 '어떻게 해야만 할까요' 이제는 이 물음에 한 발짝 더 가까이 다가가려고 합니다.

고통을 기꺼이 직면하며, 괴로움을 너그러이 수용하며

오래전에 심리치료실 밖에 계신 분들이 치료의 공간 안에서 이루어지는 다양한 해법들을 알게 되면 참 좋겠다는 생각에 '문턱 낮은 심리학'이란 대화의 공간을 마련한 적이 있습니다. 당시 평일의 저녁 시간이었음에도 삶과 사랑, 관계와 자기로부터 입은 상처를 치유하고픈 동기로 많은 분들이 자리한 시간이었는데요. 그때 또다시 우리는 알게 되었습니다. 상처를 보듬는 가장 가까운 사람이 바로 '나'일 때 삶은 우리를 향해 준비한 선물을 가득 내어준다는 사실을요. 우리 자신의 삶에서 가장 큰 영향을 주는 단 하나의 존재는 바로 '나'입니다. 이제, 이 책에 담긴 심리학 속의 진솔한 안내가 마치 폭풍우 속에 길을 잃고 헤매일 때 나아가야 할 곳을 알려주는 등대와 같이, 북극성과 같이 여러분의 삶 속에 깃들기를 바랍니다. 그리고 여러분 모두의 매순간에 행복이 가득하길 바랍니다.

현존의 고통에 대한 깊은 사랑으로,

김도연

PART 2 현재에 머무는 연습

PART 3 미래로 나아가기 위한 준비

PART 4 **120일간의 자기친절 연습**

PART 1

과거에서 배웁니다

나에게 공감해야 하는 이유

어릴 때 한번쯤은 거센 비바람이나 사나운 폭풍우를 경험해 보았을 것입니다. 만일 이때 공포나 두려움을 느꼈다면 놀란 감정은 그대로 기억에 남아, 어른이 된 후에도 유사한 상황에서 불안을 크게 느낄 수 있습니다. 이처럼 우리의 경험 중 일부는 당시의 감정이나 신체 감각이 처리되지 않은 채 기억에 남아 현재의 삶에 영향을 줍니다. 일상에서 심리적으로 큰 충격을 받을 만한 사건을 겪으면, 과거의 일 중에서 이와 유사했던 기억이 떠오릅니다. 가령, 친구에게 배신을 당한 기분이 들면, 어린 시절 가까운 친구로부터 겪은 비슷한 사건이 기억나는 경우이지요. 이때는 지난 과거의 기억까지 더해져서 감정 조절이 어렵고, 상처도 더욱 깊습니다. 지난 일일지라도 치유되지 않은 마음의 상처는 일상의 뒤편에 잠시 가려져 있을 뿐, 오래도록 남아 견디기 어려운 고통과 괴로움을 줍니다. 과거와 유사한 상황을 겪거나 때론 그때를 상기시키는 일부 단서만으로도 정서적으로 압도될 수 있습니다.

실제로 임상심리학자로서 일하는 동안 과거의 일이 현재까지 이어져 고통을 호소하는 분들을 많이 보았습니다. 최근 한 내담자는 대인관계로 인한 괴로움으로 저를 찾아왔습니다.

> "어릴 때 친구들로부터 자주 놀림을 받았었는데, 어느 날 친했던 친구마저 상처를 주니 학교 가기가 싫었어요. 그 일로 친구 사귀는 일이 두려워졌고 그러다 보니 혼자 지내는 시간이 많았어요."

현재는 원하는 직장에 다니며 별일 없이 지내고 있지만, 여전히 사람들과의 관계는 어렵다고 합니다. 특히 다른 사람들 앞에서 말을 하거나, 여러 사람이 쳐다보거나, 사람들이 모인 장소에서는 상대방이 의식되어 행동도 부자연스러워진다고 해요. 그런 자신의 모습이 부끄럽게 느껴지고 자존감도 낮아져 심리치료를 통해 자신감을 얻고 싶어 했습니다. 과거의 일을 잊어버리고 싶다고 말하는 동안에도 당시의 기억으로 인해 무척 힘들어했습니다. 오래전 일이라도 마음에서 해결되지 않은 상처는 마음에 깊게 자리 잡아 현재의 삶에 영향을 줍니다.

사건을 객관적으로 되짚어보기

현재의 일상에 영향을 주는 고통스러운 기억이 있다면 당시의 사건을 객관적으로 재조명해보는 게 좋습니다. 이를 인지적 재구성cognitive restructuring이라고 합니다. 전통적인 인지치료 기법으로 특정 사건을 객관적으로 재평가하여 감정이나 행동의 변화를 이끌어냅니다. 이를 위해서는 해결하고자 하는 특정 사건을 떠올린 후, 그에 관한 생각을 논리적으로 검증하며 생각의 내용을 재수정합니다. 가령 특정 사건에 대해 '아무도 날 좋아하지 않았어'라는 생각이 들면 내용의 타당성을 논박하며 '나

| 인지적 재구성의 예 |

생각 : 나는 늘 실패만 했어

생각의 재구성 : 노력해서 얻은 좋은 결과들도 있었어. 모든 일에서 실패했던 것은 아니야.

를 아껴준 다른 사람들이 있었어. 사람들이 모두 나를 좋아하지 않는다고 믿을 만한 이유가 없어'라고 수정하는 것이지요. 지난 기억을 객관적으로 검토하게 되면 같은 사건을 새로운 관점으로 바라볼 수 있고, 심리적 고통 또한 줄일 수 있습니다.

자기 공감을 발휘해야 할 때

당시의 기억을 검토한 후에는 '자기 공감'을 통해 자신을 향해 마음의 문을 열어봅니다. 마음이 괴로울 때 가까운 사람으로부터 공감이나 위로를 받았을 거예요. 그때 나도 모르게 어느새 마음이 진정되지는 않았나요? 이런 경험을 한 번 이상은 해보았을 것입니다. 그러나 가까운 사람으로부터 위안을 얻는다고 하더라도 일시적일 뿐입니다. 자신의 마음을 스스로가 돌보지 않으면 매번 다른 사람의 위로를 필요로 하게 됩니다.

자기 공감이란 감정을 있는 그대로 수용하며 두려움이나 불안, 슬픔이나 분노와 같은 감정을 스스로 헤아려주는 것을 말합니다. 자기 공감은 심리적 안녕에 무척이나 중요합니다.

타인의 감정에는 깊게 공감하고 걱정하면서 정작 자신의 감정을 돌보는 일에는 소홀하지는 않은지요. 자신의 감정과 솔직하게 조우하며 내 마음을 이해하는 과정을 가져보세요. 이는 마치 가까운 친구가 곁에 앉아서 어떤 말에든 마음을 헤아려주는 것과 같습니다. 다만 이제는 나 자신이 그 역할을 해내는 것이지요. 먼저 자신에게 다가오는 모든 감정을 온전히 느끼세요. 그때 느끼는 어떤 감정이라도 비난하거나 나무라지 않은 채 있는 그대로 인정해주세요. 그런 후에는, 마음이 힘들 때 좋은 친구가 곁에서 위로하듯이 자신의 마음을 알아주며 따뜻한 말을 건네어보세요. 어떤 말이든 평소 다른 사람에게 하는 정도의 위로면 충분합니다. 가까운 타인을 대하듯이 자신을 대해주세요. 자신에게 마음을 열고 다가갈 때, 그 순간 치유는 시작됩니다.

나를 사랑하기 위해 내가 해야 할 일

자기 공감

몸의 자세를 편안하게 두고 몇 차례 호흡하며 이완합니다.

현재 자신의 마음 안에 일어나는 감정을 가만히 헤아려봅니다.
감정을 바라보는 동안 슬픈 감정이 느껴지면 '지금 내 마음에 슬픔이 있구나'라며 있는 그대로를 수용합니다.

때론 감정이 느껴질 때마다 "그래"라고 인정하며 자애로운 마음으로 감정을 허락해줍니다. 사랑으로 자신의 마음을 감싸 안아주세요.

마음을 열어 관심을 기울이며 자신에게 위안이 되는 따뜻한 말을 건네어보세요. 어떤 말이든 괜찮아요. 친절한 용기를 내어보세요.

오늘 나에게 해주고 싶은 말은 _____

_____

_____

_____

_____

불안을 허용하는 태도가 필요하다

　우리가 흔히 느끼는 불안은 생존에 없어서는 안 되는 필수 감정입니다. 불안은 몸과 마음을 긴장시켜 자신을 위험으로부터 안전하게 지키도록 하거나, 미래를 위한 대비나 예고된 일을 사전에 준비하도록 도와줍니다. 그러나 불안의 정도가 지나치면 과도한 걱정과 염려로 인해 문제가 생기지요. 그렇기에 닥친 상황에 대한 불안의 정도를 잘 살펴볼 필요가 있습니다. 불안 자체를 두고 걱정하게 되면 사소한 일에서도 쉽게 긴장할 수 있습니다. 발표나 면접을 앞둔 상황이나, 신학기가 되어 새로운 상황에 적응해야 하거나, 이사나 결혼 등의 시기에는 누구나 불안을 느낄 수 있습니다. 이때 느끼는 불안은 일반적인

지라 '정상적 불안'이라고 합니다.

일전에 클리닉에 방문한 어느 내담자는 불안과 긴장으로 일상생활에 어려움을 느낀다고 합니다. "한 달 뒤, 학술 세미나에서 발표가 있는데 생각만 해도 긴장이 되고 불안해요"라는 고민을 털어놓으며 무척 힘들어했습니다. 저는 내담자의 상태를 확인해보았지요. 업무에 지장을 주는지, 수면에 문제가 있는지, 몸 상태는 어떠한지를 면밀하게 살펴보았습니다. 다행히 특별히 어떤 문제가 생긴 건 아니고, 그저 정상적 불안을 크게 느끼고 있는 상태였습니다. 내담자는 "선생님도 저처럼 불안한 적이 있나요?"라고 물었습니다. "그럼요. 강연이나 발표를 준비할 때면 늘 불안해요"라고 말한 뒤, 신경증적 불안이 미치는 영향을 설명해드렸습니다. 어떤 일을 앞두고 적당한 수준의 긴장과 불안은 지극히 타당한 일입니다. 그러니 불안하지 않고자 애쓰기보다는 일정 수준의 불안을 허용하는 태도를 키우는 게 좋습니다. 평소 "난 어떤 불안도 느끼고 싶지 않아"라고 생각하고 지낸다면, 일상의 작은 스트레스조차 감당하기 어려울 수 있습니다.

불안이란 다가올 일에 관한 감정이기에 걱정이나 염려가 일어나는 게 당연합니다. 미래는 알 수 없으니 누구라도 예외일 수는 없습니다. 이때마다 '나는 왜 이렇게 불안할까?' 또는 '과연 잘 해낼 수 있을까?'라는 생각에 마음을 빼앗기기보다는 '어떻게 하면 잘 다룰 수 있을까?'를 생각하며, 높은 수준으로 불안한 감정이 커지지 않도록 신경을 써야 합니다. 자신의 미래를 온통 부정적으로 생각하면 불안만 커질 뿐이에요. 그러니 자신에게 도움이 되지 않는 생각으로 스스로를 괴롭히지 않도록 노력해야 합니다.

불안이 지나쳤을 때 일어나는 일들

불안 수준이 지나치면 과도한 각성과 긴장 상태가 지속됩니다. 이로 인해 심리적으로 예민해지고 신체적 피로감이 쌓이며, 수면의 질이나 주의 집중력도 떨어져 일상생활에 지장을 줍니다. 이는 '신경증적 불안'의 상태에서 흔히 일어나는 증상입니다.

신경증적 불안에 대해 구체적으로 살펴볼까요?

첫째, 일어나지 않은 일에 대해 지나치게 걱정을 합니다. 이를 '예기불안anticipatory anxiety'이라고 하는데요, 미래의 결과를 낙관적으로 보기보다는 부정적으로 예측하거나 심지어 최악의 경우를 상상하기에 두려움이 커집니다.

둘째, 특정 상황을 겪는 동안 불안 수준이 상황에 맞지 않게 지나치게 높은 경우입니다. 이때는 불안에 압도되기 쉬워 여러 신체 증상이 나타날 수 있습니다.

셋째, 불안한 상황이 지나간 후에도 쉽게 심리적으로 회복되지 않는 경우입니다. 긴장이 지속되는 동안 또 다른 걱정이 들면서 불안이 확대되는 경향이 있습니다. 그러다 보니 항상 불안에 쫓기게 됩니다.

신경증적 불안의 특징

· 일어나지 않은 일을 지나치게 걱정한다
· 당면한 상황에 비해 불안의 정도가 지나치게 높다.
· 불안 이후에도 쉽게 회복되지 않고 늘 불안에 쫓긴다

신경증적 불안 상태에서는 상황적 요인은 과대평가하고 자신의 대처 능력에 대해서는 과소평가하는 경향이 두드러지게 나타납니다. 자신의 통제 능력을 낮게 보며 실패의 가능성이나 일어날 위험성을 크게 평가하다 보니 때론 회피 행동을 합니다. 회피 행동은 일순간 불안에서 벗어날 수는 있어도 궁극적으로 문제가 해결되지 않습니다. 그래서 같은 상황을 마주하면 매번 달아나게 되는 것이지요.

신경증적 불안의 가장 큰 문제는 자신의 부정적인 예측과는 다른 결과가 나올 수 있음에도, 경험을 해볼 수 있는 기회가 차단된다는 것입니다. 그렇기에 신경증적 불안을 정상적인 수준의 불안으로 조절하기 위한 효율적인 방법이 필요합니다.

마음의 안녕을 찾는 법

일상에서 쉽게 해볼 수 있는 불안 조절 방법으로는 이완을 통한 긴장 감소 방법이 있습니다. 심신의 이완을 위해서는 호흡을 잘 조절하는 것이 필요합니다. 스트레스를 받으면 가운데 위쪽의 가슴으로 얕고 빠른 호흡을 하게 됩니다. 이렇게 숨을 쉬는 것은 신진대사의 효율성을 낮추고 자연 치유 능력을 억제합니다. 따라서 복식을 통한 호흡을 하도록 합니다. 복식 호흡은 심리적 안정에 큰 도움이 됩니다.

긴장 완화를 위해 근육 이완법을 활용해보아도 좋습니다. 신체적 이완은 긴장 완화에 도움이 됩니다. 대표적인 방법으로는 미국의 생리학자이자 의사인 제이콥슨이 개발한 '점진적 근육 이완 훈련'을 들 수 있습니다. 이는 들숨에 의도적으로 몸의 근육을 긴장시킨 후, 긴 날숨으로 이완하며 불안 수준을 조절하는 방법입니다. 몸의 각 부위에 따라 근육의 긴장과 이완을 반복하다 보면 불안이 완화되면서 심신의 안녕이 증진됩니다.

하버드 의대 허버트 벤슨 박사에 의해 개발된 '벤슨 이완반응법'도 효과적입니다. 자신에게 필요한 짧은 단어나 좋아하는 문장을 선택한 후, 눈을 감고 호흡에 집중하면서 해당 문구를 반복해서 읊조립니다. 몇 차례의 시도만으로도 불안의 정도를 낮출 수 있습니다. 최근에는 존 카밧진 박사가 개발한 '마음챙김 명상'이 스트레스 감소뿐만 아니라 각종 질병 치료로서 많은 이들에게 널리 사랑받고 있습니다. 마음챙김 명상에서는 불안한 감정을 알아차리며 이를 수용하는 방법을 통해 마음의 안녕을 돕습니다. 마음 안에서 일어나는 일에 간섭 없이 머물면서 감정을 흘려보내다 보면 거센 파도가 잠재워지듯이 마음의 동요가 잦아들게 됩니다. 매일 10분씩이라도 꾸준하게 마음챙김 훈련을 하다 보면 일상의 자기 조절 능력뿐만 아니라 삶에서의 웰빙이 좋아집니다.

불안한 마음은 언제든 일어날 수 있습니다. 오히려 부정적인 감정으로 여기며 억압하거나 피하려고 한다면 고통에 대한 감내 능력이 낮아질 뿐만 아니라 견딜 수 있는 수준에서도 크게 불안을 느낄 수 있습니다. 그렇기에 자신의 마음 상태와 일어난 상황을 고르게 인식하며 계속 나아갈 수 있도록 노력해야 합니다. 의미 있는 결과를 얻기 위해서는 일정 수준의 수고로움이 따릅니다. 그러니 불안과 두려움이 우리 앞을 가로막을 때 도망치지 않고 피하지 않으며 기꺼이 맞이해봅니다. 불안이란 감정은 우리를 무력하게 만드는 끔찍한 감정이 아닙니다. 오히려 마음속 손님과 같이 자주 만나게 되는 감정이니 빠져나오려고 하기보다는 능동적으로 맞이해보는 건 어떨까요.

나를
사랑하기 위해
내가 해야 할 일

불안한 마음 다루기

현재 불안을 유발하는 상황이나 미래의 일에 대한 걱정이나 염려가 있다면 기록해봅니다.

1. _____

_____

2. _____

_____

3. _____

_____

불안 완화에 도움이 될 만한 단어나 좋아하는 문장을 준비해봅니다.

1. _____

   _____

2. _____

   _____

3. _____

   _____

호흡과 함께 준비한 단어나 문장을 반복적으로 읊조립니다. 자신의
마음에 이러한 내용이 고스란히 전해진다고 느껴봅니다.

우울한 기분 달래기

일생을 살아가는 동안 부딪히는 여러 가지 크고 작은 문제들을 어떻게 대처해나가는가는 대처 능력 발달에 무척 중요합니다. 그러나 위기는 늘 예고 없이 오는지라 그때마다 자신이 처한 상황을 직면하며 효율적으로 대응하기란 쉽지 않지요. 특히 기대했던 일에서 크게 좌절을 겪으면 절망감이 찾아와 모든 일에서 의욕과 동기를 잃게 됩니다. 더욱 큰 고통은 미래에 대한 희망이 보이지 않는다는 데 있습니다. 미래를 그려보지만 지금과 다를 바가 없다는 생각이 들면서 끝이 보이지 않는 터널에 갇힌 듯한 느낌이 듭니다. 이를 '터널 시야tunnel vision'라고 하는데요, 마치 터널 속에 있으면 다른 것이 보이지 않듯이 다른 조망이나 관점을 갖지 못한 채 마음이 닫히는 상태를 말합니다.

생각을 부정적으로 만드는 마음의 우울

마음이 우울할 때는 여러 인지적인 변화가 일어납니다. 자신도 모르게 일순간 생각이 온통 부정적인 내용으로 채워지고 극단적으로 치닫게 됩니다. 부정적인 생각이 온종일 계속되니 괴로움이 커집니다. 그런데 떨쳐내기가 무척 어렵습니다. 얼마전 한 내담자가 이런 말을 하며 고통을 호소했습니다.

> "저에게 가장 큰 문제는 생각이 저를 집어삼키고 있다는 거예요. 거의 짓눌려 사는 것 같아요. 선생님, 어떻게 해야 해요. 너무 힘들어요."

최근에 가깝게 지내던 그룹 내에서 혼자 고립되는 상황이 되었고, 자신을 제외한 다른 사람들이 서로 어울리는 모습을 볼 때마다 소외감과 자괴감이 들어 심리치료를 결심하게 되었다고 합니다. 내담자는 우울한 기분의 원인이 자신의 생각 때문임을 알고는 있었으나 벗어날 수가 없어서 구체적인 대처 방법이 필요한 상황이었습니다. 우울한 기분에 대한 이해와 대처 방법을 아는 것은 자기 돌봄의 좋은 시작입니다. 때론 우울증의 원인과 과정을 이해하는 것으로도 부정적인 자기 인식에서 벗어날 수 있으니까요.

우울한 기분일 때는 생각이나 감정을 자기self와 동일시하게 되는데요, 자신을 우울 그 자체로 보게 되면 부정적인 자기개념을 지니게 되지요. 그런데 우울한 감정 자체가 곧 '나'일 수는 없습니다. 자신의 마음 안에 우울이라는 감정이 있는 것이지요. 따라서 '우울한 감정을 느끼는 나'로서 객관적으로 내면의 감정을 인식하게 되면, 감정과는 별도인 자기로서의 의식이 향상됩니다. 자신을 송두리째 특정 감정과 동일시하면 부정적인 자기개념을 지닌 채 살아갈 수 있음을 명심하세요. 우리 자신은 어떠한 감정보다 더 큰 존재입니다. 그러니 스스로 자신에게 우울한 사람이라는 이름을 붙이지 마세요. 우울한 감정이 나를 꽉 붙들고 있을 때에는, 자신을 괴롭히는 '부정적인 생각과의 거리두기'를 해봅니다. 생각을 하나의 마음의 사건으로서 알아차리며 어떠한 판단 없이 일어나는 생각의 내용을 스쳐 지나가는 바람처럼 흘려보내세요. 생각을 알아차리게 되면 습관적으로 일어나는 부정적인 생각에 동일시되지 않은 채 경험을 잘 다룰 수 있게 됩니다.

우울한 상태일 때의 네 가지 사고

우울한 기분일 때 나타나는 사고는 전형적인 패턴을 지니고 있습니다.

첫째, 자기 자신과 자신의 주변 상황 그리고 미래를 부정적으로 생각합니다. 이를 우울증의 대표적인 인지 삼제cognitive triad 라고 합니다. 특히 가혹한 자기 평가가 두드러지는데, '나는 무가치하다' '나는 무능력하다' '모든 게 내 탓이다'라고 생각하며 문제의 원인을 자신에게 돌리는 자기 비난이 일어납니다. 자기 비난은 우울의 전형적인 덫입니다. 지나치게 자책을 하게 되면 심리적 위축이 일어나 자신감이 낮아지고 무기력해집니다. 간혹 자기 비난을 하지 않으면 또다시 실패를 겪을지도 모른다는 생각에 과도하게 자신을 몰아세우는 경우가 있습니다. 이는 마치 어린아이가 울고 있을 때 잘잘못을 따지며 혼을 내는 것과 같습니다.

둘째, 우울할 때는 특정 사건을 곱씹어보는 '반추 사고'가 나타납니다. 반추 사고에 빠지게 되면 늘 같은 주제 곁을 맴돌게 됩니다. 그러다 보니 새로운 대안을 찾기 어렵고 반복되는 생각으로 인해 마음의 괴로움이 커집니다. 생각이 꼬리를 물고 일어날 때는 단순히 생각을 차단하는 것만으로도 감정 조절에 도움이 됩니다. 가령 생각이 일어날 때마다 'stop'이라고 말하거나 자신만의 중지 단어를 만들어 생각을 차단해보세요. 이를 '사고 중지법'이라고 하는데, 별 거 아닌 것 같아 보여도 효과가 있습니다. 생각을 없애려고 할수록 그 생각에 더욱 사로잡힐 수 있으니 사고 통제 전략을 통해 연쇄적인 생각에서 벗어나도록 합니다.

셋째, 우울한 기분에 영향을 미치는 '비합리적 신념'을 탐색합니다. 비합리적 신념이란 자신과 타인 및 세상에 대한 비현실적 기대와 요구를 말합니다. '연인이라면 모든 것을 공유해야 한다' '친구라면 늘 이야기를 들어주어야 한다' '부모라면 항상 이해해주어야 한다'와 같은 당위성 사고가 빈번하게 일어납니다. 이때는 자신의 신념에 대한 유용성과 타당성을 살펴볼 수 있는 다양한 질문을 던져보세요. 예를 들어, '이 생각이 도움이 되는가?' '이 생각이 과연 합리적인가?' '이 생각이 문제해결에 효율적인가?' '다른 가능한 대안적 생각을 해볼 수는 없는가?'와 같은 질문으로 비합리적 신념의 효율성을 검토해봅니다.

넷째, 부정적인 사건에만 주의를 기울이는 '선택적 주의'가 나타납니다. 부정적인 단서에만 몰두하다 보면 기분이 나아질 수 없습니다. 이에 의도적으로 긍정적인 사건에 주의를 기울이며 심리적 균형을 유지합니다. 최근의 우울증 연구를 보면, 우울한 사람들의 경우 긍정적인 사건에 주의를 기울이는 정도가 일반인에 비해 낮은 것으로 나타났습니다. 우리는 긍정적인 사건보다는 부정적인 사건에 주의를 기울이며 의미를 두는 경향이 있습니다. 이러한 주의 편향은 우울한 기분에 영향을 미칩니다. 그러니 부정적인 감정을 통제하려고 하기보다는 긍정적인 경험의 빈도를 늘리도록 합니다.

자신을 돌보기 위해서는 몇몇 기술이 필요합니다. 이제부터는 이러한 기술을 삶 속에 지니고 다니면서 실제로 적용해보면 어떨까요. 언제든 자신을 돕는 좋은 안내자가 바로 '나'이길 바랍니다.

자기 진정을 돕는 방법

편안히 앉아 가볍게 몇 차례 호흡하며 몸의 긴장을 내려놓습니다.
이제 눈을 감고 다음의 이미지를 떠올려봅니다.

기분을 편안하게 하는 나만의 공간을 떠올려봅니다. 여행지의 바닷
가, 기분 좋은 산책로, 즐겨 찾는 카페, 어릴 적 추억의 장소, 어디든
좋습니다. 그곳에 있는 자신을 상상해봅니다.

좋아하는 공간을 이미지로 떠올리는 동안 그 공간을 오감으로 느껴
봅니다. 그곳의 소리, 향기, 색이나 빛, 그 외 무엇이든 감각으로 공
간을 느껴봅니다. 공간 속에 자신이 좋아하는 것을 더해도 좋습니
다. 의자, 책, 동물이나 식물, 무엇이든 괜찮습니다.

• • •

호흡으로 몸을 편안하게 이완합니다.
나를 든든하게 지지해주고 이해해주는 자애로운 누군가를 떠올려
봅니다. 그분은 당신을 깊이 염려하며 지금의 슬픔에서 벗어나 행
복해지기를 바라고 있습니다.

이제 그분이 당신에게 필요한 어떠한 말을 해주려고 합니다. 무엇

을 말해주려고 하는지 주의 깊게 들어봅니다. 자신에게 건네는 따뜻하고 자애로운 말에 귀를 기울여봅니다.

마음의 위로가 되었던 분은 누구였는지 그리고 어떤 위로의 말을 들었는지 기록해봅니다.

떠오른 사람은 누구인가요?

_____

어떤 위로의 말을 들었나요?

_____

_____

지금 내 마음은 어떤가요?

_____

_____

낡은 프레임 걷어내기

우리는 지난 경험을 통해서 얻은 저마다의 삶의 배경이 있습니다. 과거의 경험은 삶에 동력이 되기도 하지만, 때론 고통의 원인이 되기도 합니다. 친구라는 단어를 떠올려보세요. '따뜻한, 친밀한, 가까운'과 같은 의미가 연상된다면 사회적 관계에서 능동적인 태도를 보일 수 있겠지만, '믿을 수 없는, 조심스러운, 두려운'과 같은 의미로 다가올 때는 다른 사람에게 선뜻 다가가기가 어렵고 설령 가까워지더라도 늘 조심스러울 수 있습니다. 특히, 과거로부터 반복된 특정 경험은 좋은 일이든 나쁜 일이든 간에 대인관계나 일상의 태도에 영향을 미칠 수 있습니다.

자신에게 일어난 지난 일부 경험에 의존한 채 앞으로의 일을 판단하거나, 어떤 사실을 변치 않는 진실이라고 믿는다면 심리적 유연성이 낮아질 수 있습니다. 특히 지난 일 중 특정한 경험만을 근거로 타인이나 세상을 평가하게 되면 자칫 여러 편견에 빠질 수 있지요.

임상심리학자로서 자주 접하게 되는 질문 중의 하나가 생각의 변화 가능성에 관한 것입니다. 물론 생각은 얼마든지 변화될 수 있습니다. 다만, 생각의 전환을 위해서는 새로운 행동이 필요하고 나아가 타인이나 세상의 여러 견해를 수용하고자 하는 자기 의지가 지속되어야 합니다. 이전과는 다른 새로운 행동을 해보면 자신의 생각이 항상 옳은 것만은 아니라는 것을 자연스럽게 인식하게 됩니다.

사람들 앞에 서서 발표를 할 때 불안을 크게 느끼는 사람이 있습니다. '마음속으로는 발표를 잘 해내고 싶지만 사람들이 분명 비웃을 거야'라는 생각으로 경험을 회피한다면 결국 아무것도 얻을 수 없게 됩니다. 실제로 발표를 해봐야 다양한 가능성을 열어갈 수 있습니다. 설령 성공 가능성이 낮은 경우라도 도전을 해야 그 안에서 새로운 경험과 정보를 얻을 수 있습니다. 이러한 경험은 자연스럽게 관점을 넓히는 계기가 됩니다. 만일 내 생각대로 세상일이 일어난다고 여긴다면 마술적인 사고^{magical thinking}에 빠져 있다고 볼 수 있습니다.

특정 경험에서 벗어나야만

새로운 경험이 부재하면, 일부 경험만을 토대로 과잉 해석하게 되는 '과잉 일반화^{overgeneralization}'의 인지 오류에 빠질 수 있습니다. 저를 찾는 분들 중에는 관계에 어려움을 겪는 분들이 많습니다. "사람들을 믿지 못하겠어요. 가까운 사람들에게도 제 마음을 터놓기가 어려워요"라고 말하며 괴로움을 호소한 내담자는 심리치료를 통해 '외로움'을 치료하고 싶어 했습니다. 그는 오래전 첫 직장에서 친하게 지내던 동료와의 갈등으로 이직까지 하게 되면서 사람들에 대한 신뢰를 잃게 되었다고 합니다. 특정 대상과의 갈등으로 인해 모든 사람에 대한 불신이 생겨버린 것이지요. 내담자의 현재 욕구는 외로움에서 벗어나는 것이지만, 실제 행동은 사람들을 믿지 못해 거리를 두게 되니 혼자라는 생각 속으로 점점 빠지게 되었습니다.

내담자는 자신의 욕구와 태도의 불일치를 확인하고 난 후, 지난 상처에서 허덕이는 것을 멈추고 자신이 원하는 관계 가치를 위해 사람들에게 다가가는 노력을 시작했습니다. 그는 자신의 선택을 실천하기 위해 주변 사람들에게 먼저 말을 걸고 조금씩 자기표현을 늘리면서 심리적 거리를 좁혀갔습니다. 그랬

더니 어느 날 직장 동료가 "평소 사람들과 어울리는 걸 좋아하지 않는 줄 알았어요. 오해였네요"라며 말을 건넸다고 합니다. 최근에는 동료들과 관계가 좋아지면서 직장 생활 스트레스가 크게 줄어들었다고 합니다. 자신의 편견을 깨고 원하는 삶의 가치에 맞게 행동을 만들어가니 삶의 만족이 크게 향상된 것이지요.

지난 경험에만 의지한 채 살아가게 되면 삶의 소망과는 먼 결과들이 일어날 수 있습니다. 현재의 순간은 과거의 경험보다 중요합니다. 자신에게 의미 있다고 여기는 일을 행동으로 실천하다 보면 새로운 신념이 자리하게 되고, 이전과는 다르게 보고 느낄 수 있는 좋은 경험을 얻게 됩니다. 그러니 내 삶을 구속하는 마음의 빗장을 열어놓아 볼까요?

나를
사랑하기 위해
내가 해야 할 일

프레임을 전환하기

지난 과거의 경험이 현재의 삶에 미치는 영향을 살펴봅니다. 가장 먼저 어떤 경험들이 떠오르나요? 긍정적인 기억이라면 더욱 자주 느낄 수 있는 계획을 세워보고, 부정적인 기억이라면 그 영향을 줄일 수 있는 계획을 세워보세요.

가장 먼저 떠올려지는 지난 경험은 무엇인가요?

_____

_____

그 일이 현재의 삶에 미치는 영향은 어떠한가요?

_____

_____

보다 나은 삶을 위한 새로운 행동을 계획해볼까요?

_____

_____

Self
Compassion
5

위기 속에서 변화를 만들어내는 내면의 힘

삶의 역경을 잘 헤쳐나가려면 어떻게 해야 할까요? 대개는 극복해야 할 문제로 인해 위기 상황에 놓이면 심리적 동요가 크게 일어납니다. 이때는 마음이 불안정해지기 쉬워 문제해결에 필요한 객관적인 사고나 조망을 하기가 어렵습니다. 또한 맞닥드린 문제가 클수록 모든 일이 버겁게 느껴지기에 상황에 압도되어 쉽게 무기력해질 수도 있지요. 심리적 무기력은 삶의 동기와 의지를 약하게 만들기 때문에 이를 극복하기 위한 근본적인 대안이 필요합니다.

위기 상황일수록 자신을 조력하기 위한 노력이 필요합니다. 흔히 삶의 위기를 겪게 되면 두려움으로 인해 자기 믿음이 약해지기 쉽습니다. 그러나 감내해야 할 일이 많을 때 자기 신뢰가 무너지면 어떤 시도도 하기 어려워집니다. 고난과 역경은 위기감을 주지만 누군가는 더욱 자신을 조력해가며 삶의 도약을 마련해나갑니다. 그야말로 고통 감내 능력이 높은 사람들이라고 할 수 있겠는데요, 과연 위기 속에서도 변화를 만들어내는 내면의 힘은 무엇일까요.

미국의 저명한 심리학자인 칼 로저스는 우리에게는 '자기 실현 성향self-actualization tendency'이라고 하는 성장 욕구가 잠재되어 있다고 했습니다. 이는 우리에게는 더 나은 삶을 향해 나아가기 위한 동력이 있음을 의미합니다. 다만, 성장 잠재력이 발현되기 위해서는 자신에 대한 조건 없는 존중과 수용적인 태도가 필요하다고 강조합니다. 자신의 가치를 특정 조건에 따라 평가하게 되면 심리적 억제로 인해 잠재된 자원을 삶의 동력으로 만들어내기 어렵습니다. 따라서 자신의 내면 환경을 어떻게 가꾸어나가느냐는 무척 중요합니다. 자신을 수용적으로 받아들이지 못하면 자기 신뢰가 낮아져서 어떤 일을 하기도 전에 주저하거나 포기할 수 있으니까요. 자신을 온전하게 사랑하고 이해할 때 우리는 잠재력을 자유롭게 펼칠 수 있습니다. 이는 마치 사랑이 가득한 양육자의 태도와도 같습니다.

자기 비난의 함정

심리치료를 하다 보면 자신에 대한 비난이나 자책에서 벗어나고자 도움을 청하는 경우가 많습니다. 자기 비난은 스스로를 향한 정신적 학대와 같습니다. 자신의 마음 안에 가혹하고 냉담한 관찰자를 두고 끊임없이 모니터링하고 있는 셈이지요. 자신의 성장 잠재력을 증진하기 위해서는 자기와의 일차적 관계가 중요합니다. 이는 역경 속에서도 위기를 극복하도록 돕는 심리적 자원이 되기 때문이지요. 물론 힘이 들 때 주변의 도움을 받는다면 수월하게 문제를 해결할 수 있습니다. 그러나 근본적으로 자신을 스스로 돕지 못하면 위기 때마다 다른 사람에게 의존하게 됩니다.

자신에게 잠재된 가능성의 문을 열기 위해서는 자기에 대한 신뢰가 필요합니다. 자신을 평가절하하게 되면 변화에 대한 두려움이 생겨 잠재력을 발휘할 기회가 제한될 수밖에 없습니다. 실패에 대한 두려움으로 인해 원하지만 결국 회피를 선택하는 심리적 현상을 '요나 콤플렉스Jonah complex'라고 하는데요, 이를 극복하기 위해서는 경험에 직면해나가며 고통을 이겨낼 수 있도록 자신을 도와주어야 합니다. 가끔 특별한 시도를 하지 않거나 몇 번의 시도만으로 희망이나 소망을 포기하는 경우가 있습니다. 흔히 "제가 만일 ~했다면 더 나아졌을 거예요"라고 말하며 여러 이유를 앞세운 채 자기 회의에 빠지고 절망 속에 지내지요.

삶의 역경을 헤쳐나가기 위해서는 자기 격려와 용기가 필요합니다. 여러 이유나 변명을 댄다면 이는 그럴듯한 구실이 되어 결국 한 걸음도 나아가지 못할 수 있습니다. 이를 자기 합리화라고 하는데요, 합리화rationalization는 위기를 극복하는 데 가장 큰 방해 요소이자 자아를 약하게 하는 대표적인 방어기제입니다. 우리를 멈춰 서게 만드는 달콤한 내면의 소리에 경계를 둘 필요가 있습니다.

일전에 어떤 분이 누군가의 삶을 언급하며 "나도 좀 더 일찍 시작했다면 그 사람처럼 됐을 텐데…"라며 지나온 삶을 원망했습니다. 동경하는 누군가의 삶에는 그가 보낸 수많은 노력과 불면의 시간, 그리고 자신을 조력하며 역경을 극복해낸 많은 수고로움이 있었을 것입니다. 다른 사람과 자신을 비교하며 낙담으로 보내는 것은 무엇 하나 도움이 되지 않습니다. 오히려 지금 바로 원하는 삶의 방향을 향해 한 걸음을 옮기는 것이 더욱 의미 있습니다. 이런 경우도 있습니다. 가까운 동료의 이야기인데요, 학창 시절에 닮고 싶은 친구가 있어서 일상을 그와 비슷하게 맞춰가며 지냈다고 합니다. 공부 시간이나 여가,

다른 사람에게 보이는 행동 등을 관찰하며 그야말로 타인의 행동을 모델링한 셈인데요. 신기하게도 몇 달 후에는 자연스럽게 자신의 행동에 변화가 일어났다고 해요. 긍정적인 변화는 지금까지도 몸에 배어서 좋은 습관으로 유지되고 있다고 합니다. 아마 상대적인 비교로 위축되거나 열등감에 빠졌다면 새로운 변화를 만들어내지 못했을 것입니다.

삶의 실현은 자기로부터 시작되어야 합니다. 자신의 조건이 완벽해질 때까지 기다린다면 그런 때는 결코 오지 않을 것입니다. 자신을 멈추게 하는 여러 이유를 선택하는 대신, 자기 성장의 잠재력을 촉진할 수 있는 내면의 환경을 만들어나가도록 합니다. 마음 정원을 잘 가꾸어야 기대하는 변화와 기적을 내 곁으로 불러들일 수 있습니다.

**나를
사랑하기 위해
내가 해야 할 일**

자기 비난 멈추기

평소 힘들 때마다 자주 하는 자기 비난의 말은 무엇인가요?

" 나는 너무 소심해 "

" 나는 실패자야 "

" 정말 어리석고 바보 같아 "

1. 습관적인 자기 비난은 "_____"

2. 습관적인 자기 비난은 "_____"

3. 습관적인 자기 비난은 "_____"

자신을 돕기 위한 긍정적인 자기 대화로 바꿔봅니다. 자신이 잘 해
낼 수 있도록 용기와 의지를 북돋아주는 말로 대체해보세요(괄호
안에는 자신의 이름을 넣어주세요).

(도연아) "긴장하지 말고 천천히 해보자. 힘내 ! "

1. (   ) "_____"

2. (   ) "_____"

3. (   ) "_____"

자기 신뢰를 높이는 변화계획

우리는 일상의 모든 순간마다 크고 작은 선택을 하게 됩니다. 삶에서 자기 주도적인 의사결정이 늘게 되면 자기 통제감이 높아집니다. 그러나 평소 자기 확신이 낮은 경우에는 의사결정을 한 후에도 불안해하고 전전긍긍하게 됩니다. 그러다 보니 자신의 결정을 의심하며 수많은 걱정과 염려 속에 지내게 되지요. 선택에는 늘 딜레마가 있기 마련이지만 자기 확신이 들지 않을 때는 심리적인 갈등이 더욱 심해집니다.

자기 확신은 자기 효능감self-efficacy과 밀접한 관련이 있습니다. 자기 효능감이란 특정한 상황을 잘 해결해나갈 수 있으리라는 '자기 믿음'을 말합니다. 사소한 일이어도 성취 경험이 쌓이게 되면 앞으로의 일에 대한 자신감이 생겨납니다. 그렇기에 비록 작은 일일지라도 성취감을 느껴보는 것이 중요합니다. 그러나 아무리 좋은 목표라도 구체적인 계획이 없다면 이루지 못할 가능성이 큽니다. 성공 가능성을 높이기 위한 구체적인 단계를 만드는 습관을 만들어야 합니다. 이는 목표에 대한 접근 가능성을 높일 뿐만 아니라, 실패에 대한 두려움을 낮추는 데 도움이 됩니다.

변화계획을 세우는 법

성취를 위한 '변화계획'을 세울 때는 낮은 단계부터 점진적으로 준비할 필요가 있습니다. 왜냐하면 성공 경험이 쌓이는 것이 중요하기 때문입니다. 처음부터 높은 단계의 계획을 세우면 자기 조절을 잃어 실패하기 쉽습니다. 초기 단계에서의 성취감은 동기 강화에 영향을 미칩니다. 흔히 실패할 수밖에 없는 계획을 세운 후에 '나는 왜 매번 실패할까'라는 생각으로 좌절하곤 하지요. 가령, 지나치게 치밀한 계획이거나, 욕구 중심의 계획, 처음부터 많은 시간을 할애해야 하는 계획 등은 성공 확률이 낮은 무리한 계획일 수 있습니다. 이는 마치 마라톤 첫 구간을 전속력으로 달리는 것과 같습니다. 자기 욕구를 현실적으로 조절할 수 있어야 최종 목표까지 도달할 수 있음을 명심하고, 실행 초반에는 만족감을 높이기 위한 계획에 초점을 두세요.

이기는 습관 기르기

변화계획을 세운 후에는 '방해요인'을 탐색해봅니다. 방해요인은 내적, 외적 모두 해당하니 고르게 살펴보는 게 좋습니다. 내적 요인으로는 심리적 갈등이 일어나는 것이고, 외적으로는 뜻밖의 예외 상황이 일어나는 경우입니다. 특히, 마음의 동요가 잦으면 계획에 차질을 빚기 쉽습니다. 이를 예방하기 위해서는 자기 확신을 낮추는 내면의 대화 내용을 살펴봐야 합니다. 실패를 부추기는 자기 대화는 이내 포기하게 만들기 때문입니다. 그러니 목표가 정해지면 행동을 강화하는 긍정적인 자기 대화를 자주 해보세요. 실제로 클리닉의 한 내담자의 경우 포기하고 싶은 마음이 들 때마다 "천천히 해보자. 서두르지 말자"라고 읊조리며 자신의 리듬을 조절해나갔습니다. 이내 성급한 행동도 줄어들고 심사숙고하며 일을 진행하게 되어 여러모로 도움이 되었다고 합니다. 목표에 어긋나는 부적절한 자기 대화는 행동의 방해요인이 될 수 있습니다. 자기 대화는 자신도 모르게 일어나기에 부정적인 말 습관을 잘 알아차려야 합니다. 가령, 같은 상황이라도 예상치 않은 일을 대하는 두 사람의 경우를 살펴봅시다. A는 "계획에 차질이 생길 수도 있어. 다시 하나씩 해결해나가자"라고 이야기하는 반면에, B는 "계획에 차질이 생기는 걸 보니 결과가 좋지 않을 것 같네"라고 말합니다. 행동의 결과는 분명 서로 다를 것입니다.

삶의 방향에 영향을 미치는 부정적인 자기 대화를 바꾸기 위한 '자기 대화self-talk' 탐색은 심리치료에 자주 사용되는 방법입니다. 이러한 교정을 '자기 교시 훈련self instructional training이라고 하는데요, 인지 행동 치료로 저명한 심리학자인 마이켄바움의 훈련법입니다. 이 방법은 부정적인 내적 대화를 변화시켜 적응적인 행동을 유도합니다. 바람직한 자기 대화는 인지 구조에 영향을 미쳐 효과적인 행동을 촉진하기 때문에 자기 대화가 부정적으로 흘러가지 않도록 주의를 기울여야 합니다.

다음으로 성취에 도움이 되는 '실행활성화 언어'를 살펴볼까요? 이는 목표에 대한 접근 가능성을 높이는 인지적 접근법입니다. 실행활성화 언어는 구체적일수록 도움이 됩니다. 예를 들어 운동 계획을 세웠다면, '주말보다는 주중에 해야지'라고 생각하기보다는 구체적인 내용을 담아 '주말은 제외하고 평일 아침 7~8시에 걷자. 만일 날씨가 안 좋으면 집에서 스트레칭이나 요가를 하자'처럼 구체적인 내용으로 구조화합니다. 모호하고 추상적인 생각의 습관은 일의 진행을 더디게 하고 행동의 실행 가능성을 낮게 만듭니다. 원하는 목표를 달성하기 위해서는 구체적인 내용으로 체계화해야 실천이 쉬워집니다.

| 효과적인 자기 대화 |

| 주중에 운동을 해야지 ✕ | 평일 아침, 7시에 걷자 ○ |

외부 방해요인 대처법

이제는 외적인 방해요인이 되는 예외 상황에 대한 대응을 알아볼까요. 아무리 좋은 계획이라도 모든 상황을 통제할 수는 없습니다. 몇몇 가능한 대안을 마련해놓으면 계획의 효율성을 높이는 데 도움이 됩니다. 하나 이상의 다양한 접근을 마련해두면 예상외의 상황에서 낭패감에 빠지지 않은 채 계획을 유지할 수 있습니다. 앞서 보았듯이 날씨가 좋지 않을 때는 집에서 할 수 있는 간단한 운동 계획을 세우거나, 갑작스러운 일로 하던 작업을 멈출 때는 다른 시간을 생각해둡니다. 대안을 항상 고려해두면 예외 상황이 일어날 때 크게 당황하지 않고 유연하게 대응할 수 있습니다.

　나아가 목표를 달성했을 때 얻을 수 있는 '변화 효과'를 목록으로 작성해봅니다. 목표에 도달했을 때 실제로 얻을 수 있는 이점을 정리하고 눈에 띄는 곳에 두고 수시로 확인해보며 읽어보세요. 이는 자기 동기를 유지하는 데 도움이 됩니다. 클리닉의 한 내담자는 모니터 옆에 목록을 붙여놓고 수시로 보고 읊조려보았더니 결심이 흩어지지 않아 큰 도움이 되었다고 합니다.

　마지막으로 목표를 달성한 후에는 자신에게 어떤 보상을 줄 것인지 계획해봅니다. 평소 자신만의 버킷리스트를 작성해놓고 단계별로 성공할 때마다 가벼운 보상을 해주면 좋겠지요. 저는 좋아하는 책을 골라두었다가 스스로에게 선물하거나, 좀 더 멀리 걷더라도 마음에 드는 곳까지 가서 예쁜 꽃 한 다발을 사기도 하고, 마음을 편안하게 하는 차나 음식을 만들어 먹으며 스스로를 격려합니다. 나만을 위한 일상의 이벤트는 기분이 전환되고 보람은 더욱 커지니 여러모로 참 해볼만 한 것 같습니다.

변화계획 세우기

○ 1단계 : 어떤 행동을 목표로 하고 싶은가요?

초기에는 성취 가능한 행동으로 계획을 세우는 것이 좋습니다. 이후 점진적으로 도전적인 과제로 실행해봅니다.

○ 2단계 : 변화 행동을 실천하기 위한 구체적인 계획은 무엇인가요?(플랜 A)

목표를 실행하기 위한 세부 계획을 세웁니다(시간, 장소, 횟수, 기간 등). 플랜 B 혹은 플랜 C를 대안적으로 마련하여 목표의 실행 가능성을 높여보세요.

플랜 B : _____

플랜 C : _____

○ 3단계 : 변화계획을 방해하는 장애물은 무엇인가요?

_____

목표 달성에 방해가 될 수 있는 장애물을 탐색해봅니다. 또한 그 장애물을 극복할 해결책을 세워보세요.

장애물을 극복할 해결책 :

_____

○ 4단계 : 변화 행동으로 얻게 되는 이점은 무엇인가요?

이점 1 : _____

이점 2 : _____

이점 3 : _____

새로운 변화를 통해 얻을 수 있는 이점을 구체적으로 작성해봅니다. 작성된 목록을 수시로 확인하며 자기 동기를 유지하세요.

○ 5단계 : 자기 보상 계획을 세워봅니다. 목표에 도달한 후에는 자신을 꼭 격려해주세요. 쉽게 할 수 있는 기분 좋은 계획을 준비해보

세요.

보상 계획 1 : _____

보상 계획 2 : _____

보상 계획 3 : _____

보상 계획 4 : _____

보상 계획 5 : _____

Self
Compassion
7

피하고 싶지만 피할 수 없는 고통

우리는 크고 작은 시련을 겪으면서 삶의 큰 의미를 발견하기도 합니다. 곁에 있는 사람들의 소중함을 깨닫게 되거나, 삶의 가치를 얻거나, 고통을 이겨내는 지혜를 깨닫는 것이지요. 그럴 때는 오히려 이전보다 더 큰 정신적·영적 성장을 하게 됩니다.

삶의 고통은 실존적인지라 피하고 싶지만, 피해갈 수 없습니다. 그러나 항시 모든 일에 고통만 존재하는 것은 아닙니다. 의미치료로 저명한 빅터 프랭클은 정신과 의사이자 《죽음의 수용소에서》를 쓴 유대인 대학살의 생존자입니다. 그는 수용소에서 일반의로 활동하다가 이후에는 노역자 생활을 했습니다. 수용소에 있는 동안 아내와 부모, 형제자매를 잃게 되는 비통한 순간을 맞이했지만 지속되는 극한의 상황 속에서도 큰 깨달음을 얻습니다. 개인이 자신의 존재를 어떻게 인식하는가에 따라 삶의 순간과 의미가 달라질 수 있다는 것을 말이지요. 우리는 현재에 존재하지만, 이를 인식하지 못할 때는 현존으로서의 자기를 느끼지 못한 채 습관적으로 살아가게 됩니다. 현재의 순간을 자각하고 실존에 의미를 부여하는 것은 삶에 생명력을 불어넣는 것과 같습니다.

고통 속에서 발견한 것

오랜 시간 임상심리학자로서 내담자를 만나다 보면 다양한 사연을 접하게 됩니다. 이들 중 삶의 고통 속에서 의미와 가치를 되찾은 한 가족의 사례를 소개하고자 합니다. 몇 해 전, 부모님의 갑작스러운 사고로 인해 홀로 남게 된 삼남매가 있었습니다. 당시 대학생이던 맏이는 어느 날 동생들을 책임져야 하는 가장이 되었습니다. 초기 면담에서 그는 그들에게 일어난 일을 담담히 전하며 동생들을 향한 깊은 애정을 보였습니다. 둘째는 고3 수험생이었는데 몸이 약하고 예민하여 부모님의 돌봄이 각별했다고 합니다. 맏이와의 면담 후 둘째와의 상담이 진행되었습니다. 둘째는 자신의 감정을 진솔하게 표현하며 가족에 관한 애틋함과 남다른 각오를 보였습니다. 특히 인상적이었던 말은 "이제는 부모님이 안 계시지만 오빠와 동생이 있어서 두렵지 않아요. 앞으로는 오빠가 제 걱정을 안 하게 할 거예요. 동생은 아직 어리지만 잘 이겨내리라고 믿어요. 지금은 우리가 어느 때보다 힘들지만 모든 걸 잃었다고는 생각하지 않아요. 우리 셋을 얻었으니까요"라며 속 깊은 심정을 전합니다. 그날 둘째와 나누었던 이야기는 오래도록 기억에 남았습니다. 가족에 대한 깊은 신뢰와 사랑을 보며 이제는 부모님이 늘 염려하던 둘째가 아니라는 생각에 마음이 뭉클했습니다. 이들이 서로에게 부여한 소중한 의미는 무척이나 깊었습니다. 고통 속에서도 길을 잃지 않은 채 삶의 폭풍우를 이겨내는 삼남매는 성숙한 모습으로 역경을 받아들이며 소중한 것을 지켜나가고 있었습니다. 서로를 향한 각별한 마음은 분명 앞으로의 삶을 지탱해주는 귀한 자산이 될 것입니다.

인생에는 원치 않는 시련이 있습니다. 그러나 그때마다 고통에만 집중한다면 마음의 괴로움은 견딜 수 없을 만큼 커질 것입니다. 오래전 일입니다. 클리닉에 급히 도움을 요청하여 심리치료를 한 어느 가족이 있었습니다. 신청자인 큰 자녀는 한달 뒤에 결혼식을 치를 예정이었습니다. 그런데 얼마 전 아버지가 동료의 배신으로 막대한 금전적 손실을 보게 되었다고 합니다. 절망한 아버지는 삶을 포기하려고 시도하였으나 다행히 가족의 발견으로 끔찍한 일이 일어나지 않았습니다. 이후 아버지는 병원을 오가며 가족들의 돌봄을 받고 있는데요, 그럼에도 우울해하는 아버지가 걱정되어 마음이 무척이나 아프다고 했습니다. 다음 날부터 아버지와의 심리치료가 시작되었습니다. 심리치료 동안 여러 번 배신감과 경제적 손실을 남긴 동료를 언급하며 "그 사람이 나에게 와서 용서를 구해야만 내가 살 수 있을 것 같습니다"라고 말하며 울분을 터뜨렸습니다. 심리치료 동안 어느새 자녀의 결혼식이 한 주 앞으로 다가왔습니다. 자녀의 손을 잡고 웃으며 식장에 들어가야 하는데, 이러다가는 온 가족이 슬픔 속에 결혼식을 치르게 될 것만 같았습니다. 내담자에게 "아버님, 세상에서 가장 귀한 사람이 누구세요?"라고 물으니 가족이라고 말하며 이내 눈물을 쏟아냈습니다. 그러고는 자녀의 결혼을 앞두고 가족에게 슬픔을 준 자신을 비관하며 고통스러워했습니다. "아버님이 아끼시는 소중하고 귀한 사람이 바로 곁에 있어요. 가장 뜻깊은 순간에 상처를 준 사람을 아버님 곁에 두지 않기를 바랍니다. 사랑하는 귀한 가족을 위해 마음을 일으켜보세요"라는 말을 전해드렸습니다. 며칠 뒤 결혼식 전날에 큰 자녀에게서 연락이 왔습니다. 기쁜 소식을 서둘러 전하고 싶다면서, "오늘 아버지와 함께 결혼식 준비를 했어요. 내일 예식을 마치고 아버지가 선생님을 뵈러 가신데요"라며 울먹이더군요. 다음 날 내담자는 아내와 함께 클리닉을 방문했습니다. 이전보다 생기가 도는 모습을 보니 안도감이 들었습니다. 내담자는 심리치료 동안 시련에 굴하지 않고 앞으로 나아가는 법을 배웠다고 말하며 잘 살아가겠다는 다짐을 보였습니다. 그의 얼굴엔 절망과 분노가 아닌 삶의 에너지와 희망이 자리하고 있었습니다. 아직도 그분의 환한 표정이 선명합니다.

삶의 고통 속에서 소중한 가치를 발견해 나갈 때 인생은 그에 화답하듯 더 큰 선물을 주는 것만 같습니다. 역경 속에서도 우리는 삶의 의미 있는 가치를 발견할 수 있어야 하고, 나아가 지금 내 곁에 있는 사람이 세상에서 가장 중요한 사람임을 잊지 않아야 합니다. 내 경험은 내가 만들어나가는 것이니까요.

**나를
사랑하기 위해
내가 해야 할 일**

의미를 부여하기

지난 시간과 현재의 삶을 가만히 떠올려봅니다. 가장 힘겨웠던 고

난과 역경이 있었다면 무엇이었나요? 가족, 친구, 동료, 주변의 가까운 타인이나 상황 속에서 누군가의 도움이 절실하게 필요했던 순간은 언제인가요?

1. _____

2. _____

3. _____

지난 시련 속에서 미처 알아차리지 못했던 새로운 의미를 발견해봅니다. 주변의 배려, 가족의 사랑, 삶의 통찰, 자기 존재감, 인생의 지혜 등 위기 속에 숨겨져 있던 소중한 가치를 찾아보세요.

1. _____

2. _____

3. _____

현재의 일상을 둘러보며 삶의 의미를 발견해봅니다. 의미란 자신이 만들어나가는 것입니다. 소중한 의미를 지켜나가기 위해 어떻게 생각하고, 느끼고 행동하면 좋을지 가만히 생각해보세요.

1. 내가 의미 있게 느끼는 것은

_____

의미 있는 것들을 지켜나가기 위해서는,

_____

2. 내가 의미 있게 느끼는 것은

_____

의미 있는 것들을 지켜나가기 위해서는,

_____

3. 내가 의미 있게 느끼는 것은

_____

의미 있는 것들을 지켜나가기 위해서는,

_____

감사의 시간을 되돌리는 법

하루를 가만히 되돌아보면 감사한 마음을 느낄 수 있는 순간들이 참으로 많습니다. 마음이 어수선하면 행복을 주는 대상들이 늘 우리 곁에 있음에도 불구하고 이를 잘 알아차리지 못한 채 지나치기 쉽습니다. 지난 한 주간 혹은 오늘 하루를 되짚어보세요. 안부를 건네는 누군가의 말, 따뜻한 오후의 햇살, 우연히 마주친 나무와 꽃, 고요한 산책길, 가까운 사람의 미소, 주변의 응원과 격려, 힘이 되는 한 줄의 글, 평온함을 주는 음악과 같은 기분 좋은 순간들이 우리 곁에 있습니다. 다만, 내 마음이 그곳에 가 있지 않으면 모두가 무심히 사라져버리는 것들이지요. 우리는 아이러니하게도 속상하고 언짢은 일은 여러 번 되새기지만 정작 마음에 따뜻한 온기를 불어넣는 주변의 일에는 소홀합니다. 오히려 가까이 다가갈수록 삶의 에너지를 불어넣어주는 소중한 것들임에도 말이에요.

감사 일기를 쓰면서 느끼는 변화의 순간

저는 내담자 뿐 아니라 주변 사람들에게도 감사한 순간을 되짚어보거나 일상에서 느끼는 고마움을 기록해보라고 권합니다. 몇 해 전, 한 내담자의 경우 우울증을 극복하고자 심리치료를 시작했습니다. 당시에는 일과 관계에 모두 지쳐 있는 무기력한 상태였습니다. 우울증 감소에 초점을 둔 치료로서, 치료실 밖에서 할 수 있는 활동을 해보라고 권했습니다. 내담자는 삶에서 느낀 감사한 일들을 기록해가기 시작했습니다. 과거의 일들에서 감사한 순간을 되새겨보고 현재의 일상에 대한 감사함을 하루의 마무리로 작성했습니다. 생각의 내용이 감사한 일들에 머물게 되니 감정이 온화해지면서 날카롭게 들리는 다른 사람의 말에도 덜 민감해졌고, 무엇보다 자신의 삶을 비관적으로 바라보는 마음의 태도가 크게 바뀌었습니다. 조금씩 일상에서의 자기 조절이 유연해질 즈음, 감사 일기에 담긴 내용에도 큰 변화가 일어났습니다. 심리치료 초기에는 한 줄 정도에 그치던 감사한 순간의 기록이 한 페이지를 가득 채우거나 넘어서면서까지 빼곡해져 갔습니다. 사소한 일상의 일들에 대한 고마움이 적혀 있었고, 매순간을 진솔하게 느끼는 그의 진심이 고스란히 담겨 있었습니다. 심리치료를 마치는 마지막 날에 "선생님. 그간의 감사일기를 클리닉에 두고 가요. 다른 내담자들에게 이 일기가 도움이 되었으면 좋겠어요"라며 소중한 기록을 내어줬습니다. 실제로 그가 건네준 감사 일기는 많은 내담자에게 좋은 삶의 안내서가 되었습니다.

감사함을 느끼는 것은 삶의 만족감에 상당한 영향을 미칩니다. 존재하는 것들에 대한 고마움을 느끼며, 자신을 향한 누군가의 배려를 놓치지 않고, 주변 사람들에게 친절을 베푼다면 일상은 지금보다 풍요로워지지 않을까요. 다만, 감사를 느끼고 나누기 위해서는 선한 의지와 열린 마음이 필요합니다. 그래야 매순간과 잘 연결될 수 있고 자연스럽게 다른 순간들로 마음이 확장될 수 있으니까요. 이미 감사한 일들을 함께하고 있음에도, 어쩌면 당연하다고 여긴 채 무심하게 지나치고 있지는 않은지 생각해보세요. 지금 하던 일을 멈추고 주변을 돌아보세요. 어쩌면 이미 가까운 곳에 행복이 와 있는지 모릅니다.

삶을 우아하게 이끌어가는 법

주변으로부터 감사함을 느끼는 것도 기분 좋은 일이지만, 다른 이에게 따뜻한 말 한마디를 건네는 친절한 행동 역시 나를 행복하게 해줍니다. 친절한 돌봄과 배려는 단순히 다른 사람을 위하는 마음뿐 아니라 자신의 마음에 더 큰 평온함을 주니까요. 선행 연구에서 다른 사람을 위한 이타 행동은 높은 수준의 행복과 연관되어 있음을 밝혀냈습니다. 일전에 심리치료를 마친 한 내담자는 괴로운 일에만 온통 마음을 쓰다가 주변을 둘러보기 시작하면서 더없는 행복과 감사를 느끼게 되었다고 합니다. 진즉에 사람들에게 베풀고 지내지 못한 점을 후회했습니다. 최근에는 자녀나 주변 사람들로부터 '감사합니다' '고마워요'라는 말을 자주 듣는다고 해요. 내담자의 일상은 전과 다르게 변화가 일어났습니다. 어느 날인가는 편안한 표정으로 그에게 일어난 선물 같은 하루의 일들을 풀어놓더군요. "얼마 전에는 길을 걷는데 햇살이 얼굴에 닿는 느낌이 참 좋았어요. 내가 살아있다는 느낌이랄까요. 요즘에는 차 한 잔을 마시는 시간도 전과 다르네요"라며 미소를 띠었습니다. 그는 이제 주변과의 관계에서도 우아한 조율을 하고 있습니다. 마치 피아노의 흰 건반과 검은 건반이 어우러져 조화로운 소리를 내듯이 말입니다. 가령, 가족과 길을 걸을 때는 손을 잡고 나란히 걷거나, 지인들과 함께할 때는 먼저 안부를 묻거나, 다른 사람의 실수에 관대하며, 외출 후 집에 돌아오는 길에는 아내를 위한 커피 한 잔을 사 들고 가는 소소한 즐거움이 일상에 가득합니다. 퇴임 후 찾아온 우울증으로 인해 심리치료를 시작했으나, 이제는 누구보다 삶을 우아하게 만들어가고 있습니다. 하루를 보내면서, 그저 그런 날이라고 여겨진다면 밤하늘도, 바람도 느껴보면서 지금의 순간을 마음 안에 데리고 와보세요. 그리고 하루 동안 괜찮았던 일을 되새겨보세요. 다만 이 모든 순간은 오직 자신에게 달려 있습니다. 지금 여기, 자신이 행복해질 수 있도록 도와주세요. 잊지 마세요. 하루는 이미 당신에게 여러 번 행복으로의 초대장을 보내고 있답니다.

나를
사랑하기 위해
내가 해야 할 일

감사 일기

오늘 하루, 감사해야 할 것들에 대해 생각해봅니다. 감사의 마음은 자신, 타인, 동물과 식물, 자연, 그 밖에 무엇이든 좋습니다. 하루의 시간을 찬찬히 떠올려보세요.

오늘 나의 감사는, _____

_____

오늘 나의 감사는, _____

_____

오늘 나의 감사는, _____

_____

오늘 나의 감사는, _____

_____

경험을 두려워하지 않는 삶

지금보다 더 열린 사고와 태도로 새로운 경험을 맞이한다면 삶에 어떤 변화가 일어날까요?

자신 앞에 놓인 일에 관심과 흥미를 보이고, 새로운 견해에는 수용적으로, 변화에는 능동적으로 대한다면, '경험에 대한 개방성'이 높은 사람이라고 할 수 있습니다. 이들은 살아가면서 얻는 다양한 경험에 허용적이며 새로운 변화에 주도적인 모습을 보입니다. 평소에도 경험을 통해 배우고자 하는 동기가 높기에 어떤 일에서든 피하지 않고 직면해나가는 모습을 보이지요.

경험을 늘려가야 하는 이유

경험에 적극적인 태도를 취하기 위해서는 특별한 의도가 필요합니다. 그 이유는 의도적으로 마음을 챙기지 않으면, 예전의 방식으로 쉽게 되돌아갈 수 있기 때문입니다. 특히 경험의 폭을 제한시키는 '판단하는 마음'에 주의를 기울일 필요가 있습니다. 판단하는 마음이 크면 분별심分別心으로 인해 모든 일을 있는 그대로 받아들이기 어렵습니다. 이때는 경험이 왜곡될 수 있기에 자칫 그릇된 편견이 작동하거나, 생각의 오류에 빠질 수 있습니다. 늘 자신이 보고자 하는 방식으로 상황을 바라본다면 그만큼 다양한 관점이나 새로운 경험을 얻기 어렵겠지요. 클리닉의 한 내담자에게 자신을 돌아볼 수 있는 어느 에피소드를 들려주며 무슨 생각이 드는지 물어보았습니다. "길을 걷는데 반대쪽에서 아는 사람이 걸어오고 있다고 생각해보세요. 그가 가까이 오자 인사를 하려고 하는데 그냥 지나쳐버립니다. 이 때 어떤 생각이 드나요?"라고 질문했습니다. 내담자는 "내가 뭘 잘못했나?"라는 생각으로 당혹스러울 것 같다고 합니다. 내담자는 이내 다른 사람들은 어떻게 답변했는지 물었습니다. 이에 "바쁜가 보네" "내가 잘못 봤나?" "상대에게 가서 아는 척을 하겠다"고 하는 등 다양한 반응이 나온다고 하자 무척이나 놀라워했습니다. 같은 상황임에도 보는 관점이 다르니 다양한 해석이 나온 셈이지요. 그렇기에 평소의 습관대로 관성적으로 생각을 처리하다 보면 늘 유사한 일이 반복되는 것처럼 느끼기 쉽습니다. 잊지 마세요. 분명 같은 상황에서도 여러 해석이 나온다는 사실을 말입니다. 그렇다면, 과연 자신의 삶을 가로막는 조건이 상황일까요? 아니면 자신의 생각일까요?

경험을 두려워하지 않으면 타인의 입장에도 우호적인 태도를 보입니다. 그 이유는 경험을 넓히는 동안 저마다의 생각이 얼마나 다양한지를 공감하고 이해했기 때문이지요. 그렇다고 경험의 폭을 넓히기 위해 여러 사람을 만나봐야 하는 것은 아닙니다. 그보다 사람을 대하는 태도를 바꿔보는 게 중요합니다. 먼저 다른 사람의 말과 행동을 판단하지 않는 자세로 바라보려는 의도를 유지하고, 나아가서는 가까운 사람부터 시작해 점차 주변을 넓혀가며 상대의 관점에서 보려는 노력을 기울입니다. 만일 다른 사람의 입장을 받아들이기 어렵다면 상대의 입장이 되어보는 연습을 해봅니다. 가령, 반대편의 빈 의자에 자신이 앉아 있다고 생각해보고, 자신은 상대방이 되어보세요. 그 사람의 입장으로 의견을 피력하며 감정을 전달해봅니다. 이러한 방법은 상대방의 마음을 이해하는 데 도움이 됩니다. 또한 평소 "왜?"라고 되묻는 생각의 습관을 줄여야 합니다.

우리는 흔히 "저 사람은 왜 그럴까?"라는 생각으로 괜한 스트레스를 받곤 합니다. 그보다는 "저 사람은 이러한 생각을 하는구나"라고 여기면 마음도 삶도 편안해집니다. 간혹 판단 없이 어떻게 세상을 살아갈 수 있느냐고 반문하는 경우를 보게 됩니다. 물론 일부는 맞습니다. 다만, 판단하는 마음이 어느 때이든 일어나면 자신만 괴로울 뿐입니다. 늘 누군가에게, 어떤 일에서든 판단을 하려 한다면 마음에 평안이 깃들 틈이 없습니다. 그러니 방어적인 자세를 버리고, 자신의 다양한 경험들을 편하게 받아들여 보세요. 얼마 지나지 않아 그동안 놓치고 있던 더 많은 중요한 것을 발견하게 될 거예요.

나를
사랑하기 위해
내가 해야 할 일

경험에 대한 개방성 열기

평소 습관과는 다른 반대 행동을 계획해봅니다. 가령, 대화에서 말을 많이 하는 편이었다면 적극적으로 경청을 해보고, 주로 듣는 편이라면 조금 더 자기표현을 해봅니다. 한 달간 꾸준히 연습하면서 자신의 변화를 관찰해보세요.

○ 반대 행동 계획하기

1주 : _____

2주 : _____

3주 : _____

4주 : _____

○ 4주 동안의 경험 나누기

1주 : 내가 얻은 경험은, _____

_____

2주 : 내가 얻은 경험은, _____

_____

3주 : 내가 얻은 경험은, _____

_____

4주 : 내가 얻은 경험은, _____

_____

내 성격에도 강점이 있다

우리에게는 누구나 저마다의 성격 강점이 있습니다. 성격 강점은 개인의 성격 특성 중에서 두드러진 면을 말합니다. 다만 자신을 비난하거나 부정하며 평가 절하하는 부정적인 태도가 우세하다면 성격 강점이 드러나기 어렵고, 평소 자신에게 관심을 잘 기울이지 않는 편이라면 쉽게 인식되지 않을 수 있습니다.

앞서 '강점'이라고 언급했듯이 이러한 성격의 특성은 자신이나 타인에게 긍정적인 영향을 미치는 요인인데요, 낙관성, 개방성, 끈기, 용기, 공정성, 신중성, 친절, 이타심 등을 들 수 있습니다. 성격 강점은 심리적 안녕감과 행복감에 영향을 미치며 정신건강을 지켜주는 보호 요인입니다. 긍정심리학자 마틴 셀

리그만은 개인마다 대표적인 성격의 강점이 있으며, 스스로 이를 잘 발달시키며 살아간다면 삶의 충만함을 느끼고 자기완성에 한 걸음 더 다가갈 수 있다고 했습니다.

약점 보완이 아닌 강점 강화에 초점을 둘 것

우리는 흔히 자신의 약점에 초점을 두며 열등감을 느끼거나 상대적인 박탈감으로 괴로워합니다. 반면에 성격의 강점을 인식하거나 계발하기 위한 노력에는 소홀하지요. 누구에게나 성격의 강점과 약점이 있습니다. 강점에는 소홀하고 약점에만 신경을 쓰다 보면 강점이 충분히 발휘되기 어렵습니다. 비록 약점이라고 여겨지는 성격 특성이라고 하더라도 모든 면에서 약점일 수는 없습니다. 소극적인 경향이 있다면 발표나 토론에서는 좀 더 자신감을 키울 필요가 있지만, 일상에서는 조심스럽고 사려 깊은 모습일 수 있습니다. 약점이란 성격의 약한 부분일 뿐이지 결코 부정적인 것이 아닙니다. 가까운 동료 중 한 분은 어디서든 자신의 약점을 자신감 있게 말하곤 합니다. 일전에 어느 발표장에서는 수많은 청자를 향해 "제가 평소 많이 긴장하는 편입니다. 중간에 말을 더듬거리거나 해야 할 말을 잊어버릴 수도 있으니 이때는 박수를 보내주세요"라며 요청했습니다. 이러한 모습은 오히려 많은 이들의 환호와 지지를 받았지요. 약점이라고 여기는 부분을 자연스럽게 받아들이며 솔직하게 표현하는 모습이 무척이나 매력적이었습니다.

스스로에게 박한 우리의 모습

우리가 정작 신경을 써야 할 부분은 성격의 약점이 아닌 강점에 있습니다. 그렇다면 약점은 어떻게 두어야 할까요? 약점은 온화하게 수용하고, 강점은 삶을 이롭게 하는 데 잘 쓰이도록 건강하게 키워나갑니다. 그래야 자신이 할 수 있다고 여기는 것보다 더 많은 기회와 정신적인 안녕을 얻게 될 것입니다. 자신의 강점임에도 불구하고 스스로 과소평가하여 '이런 면은 누구에게나 있지'라고 생각하거나 '강점이라고 하기는 좀 그렇지'라고 치부하며 무시를 하면 자신의 좋은 면이 강점으로 발현되기 어렵습니다. 얼마 전에 클리닉에 내원한 내담자는 지역사회의 봉사 활동을 마친 후에 특별한 감정을 느끼게 되었다고 합니다. 방문지의 어르신들과 나눈 대화 내용과 한분 한분의 미소가 계속해서 떠올라 자신을 다시금 돌아보게 되었다고 해요. 이러한 경험은 자신에게 내재된 이타심이나 배려심을 인식하는 계기가 되었고, 이후 사회 복지와 관련된 진로를 구체적으로 부모님과 의논했다고 합니다. 평소 학교에서 친구들로부터 '넌 참 배려심이 많다' 또는 '남을 잘 챙긴다'라는 말을 듣곤

했으나 이런 일은 누구나 할 수 있는 것으로 여기며 칭찬으로 받아들이지 않았다고 합니다. 그러나 자신의 강점을 적극적으로 받아들이자 점차 자신감도 생기고 미래의 꿈도 명확해진 것이죠.

지난해 만난 어느 내담자는 다른 사람의 성공과 재능을 보며 자신감이 낮아지고 미래에 대한 불안이 커져 클리닉을 찾게 되었다고 합니다. 그런데 심리검사 결과를 듣는 동안 자신에게서 변화가 필요한 부분에는 쉽게 수긍하였으나, 정작 강점이 되는 성격의 특성을 설명할 때는 "그럴 리가 없는데요. 저에게 이런 모습이 정말 있나요?"라고 반문하며 잘 받아들이지 못했습니다. 이에 그분의 강점이 드러난 지난 에피소드를 탐색해보기로 했습니다. 내담자의 대표 강점은 친절함과 공정성 그리고 신중함이었습니다. 초등학교 때는 질병 치료 중인 친구를 위해 또래 친구들을 독려하여 응원의 편지를 전달하는가 하면 중학교 때는 친구들과 다문화를 알리는 활동에 오래도록 참여했다고 합니다. 또한 평소 친구들의 이야기를 잘 들어주는 편이었고 갈등이 생길 때는 주로 중재하는 역할을 도맡아 해냈다고 해요. 심리검사에서 나타난 성격의 강점이 지난 내력에 고스란히 담겨 있었습니다. 다만 스스로 이를 인식하지 못하다 보니 자신의 강점을 이제야 알게 된 것이지요.

성격 강점 찾는 법

성격 강점을 발견하기 위해서는 기억나는 좋은 경험을 기록으로 정리해보면 좋습니다. 기록된 내용을 토대로 자신이 어떠한 순간에 좋은 감정을 느끼고, 무엇을 통해 보람이나 의미를 얻는지 차분하게 살펴보세요. 또한 평소 가까운 사람들에게 자주 듣는 성격과 관련된 긍정적인 피드백을 되짚어보거나, 자신의 성격 강점을 물어보아도 좋습니다. 다만, 성격 강점을 자신이나 주변을 통해 발견해도, 스스로 이를 인정할 수 있어야 발전시켜 나갈 수 있습니다. 자신의 강점에 집중할수록 자신감과 힘을 얻기 마련이고, 자신을 부정적으로 바라보면 모든 일이 어렵게 느껴집니다.

만일 성격의 여러 특성 중에서 두드러진 강점을 선택하기 어렵다면, 지금의 자신에게 가장 도움이 되는 한두 가지의 특성을 중심으로 단기적으로 발전시켜나가도 좋습니다. 나아가 구체적으로 언제 어떠한 방식으로 펼쳐 보일지를 생각해둡니다. 가령, 직장에서 동료들과 함께 일할 때는 공정하게 모두를 대하고자 노력하거나, 가족과 함께일 때는 솔선해서 배려심 있는 행동을 보여주는 것이지요. 매일 조금씩 실천하다 보면 어느 순간 몸에 배어 자신의 대표 강점이 되어 있을 것입니다.

성격 강점 발견하기

평소 자신의 강점이라고 여겨지는 성격의 특성을 찾아봅니다. 지난 경험에서 발견해나가도 좋고, 주변 사람들에게 자주 듣는 긍정적인 피드백을 떠올려보아도 좋습니다.

자신만의 성격 강점은 무엇인가요? 나의 좋은 면을 지난 경험들을 통해 찾아보세요.

1. _____

2. _____

3. _____

4. _____

5. _____

주변 사람에게 자주 듣는 긍정적인 성격 특성은 무엇인가요?

1. _____

2. _____

3. _____

4. _____

5. _____

자신의 성격 강점이 발휘될 만한 행동을 계획해보세요. 어떤 계획
이 필요할까요?

1. _____

2. _____

3. _____

4. _____

5. _____

스트레스를 현명하게 다루는 법

스트레스는 일상에서 자주 접하는 생활 속의 자극이 계기가 되기도 하고, 충격이 큰 갑작스러운 일이 원인이 되는 경우도 있습니다. 일상적 스트레스는 늘 일어나는 일인지라 일정한 정도의 스트레스를 허용하면 오히려 덜 민감해집니다. 스트레스를 전혀 받지 않기를 바란다면 사소한 일도 견디기 어려울 수 있습니다. 반면에 높은 수준의 스트레스는 회복 탄력성의 정도에 따라 지속성이 다릅니다. 특히 이때는 심리적 안정을 취할 수 있도록 능동적으로 자기를 돌봐야 합니다. 그러나 강한 스트레스로 인해 심신이 약화된 상태인지라 자신을 조력하는 일이 수월치 않겠지요. 그럼에도 꾸준히 자신에게 이로운 행동을 유지한다면 빠르게 회복될 수 있습니다.

생각과 적당한 거리를 둡니다

스트레스에 대한 대처 능력은 마음가짐, 즉 반응 태도에 따라 개인차가 큽니다. 스트레스 상황을 대하는 반응 태도는 저마다 다른지라 누군가는 가볍게 넘길 수 있는 일도 다른 누군가에게는 오랜 시간 마음을 추슬러야 하는 힘겨운 일이 되기도 합니다. 스트레스로 인한 심리적 고통은 스트레스가 촉발된 후에 당면한 상황을 어떻게 바라보는가에 따라 달라집니다. 스트레스 자극과 반응 사이에는 생각이 매개 역할을 하는데요, 우리는 생각이 감정과 행동에 미치는 영향을 잘 인식하지 못한 채 살아갑니다. 따라서 부정적인 생각에 매몰되지 않도록 주의해야 할 필요가 있습니다. 우리의 마음이 지어내는 이야기에 동일시되지 않기 위해서는, 생각과 적당한 거리를 두고 마음을 관찰할 필요가 있습니다. 마음을 있는 그대로 보고 나면 감정의 동요가 줄어들고 차츰 안정을 얻게 됩니다.

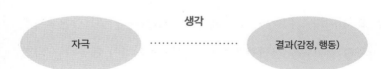

스트레스에 대한 회복 탄력성을 높이고자 한다면 먼저 자신을 괴롭히는 문제를 생각으로 불러들이지 않아야 합니다. 반복적으로 생각하다 보면 심리적인 소진이 일어나 다른 일조차 해내기 어렵습니다. 그보다는 일상의 일들에 집중하며 해야 하는 일 중 부담스럽지 않은 것부터 시작해봅니다. 그리고 현실에 저항하거나 분노하는 데 많은 에너지를 소모하기보다는 상황을 받아들이며 자신에게 도움이 될 만한 활동을 늘려나갑니다. 일전에 한 내담자가 "회복력을 위해 꼭 어떤 활동을 하며 노력해야 하나요?"라는 질문을 한 적이 있습니다. 자신을 돕기 위한 노력은 스트레스에 대한 반응 태도에 해당합니다. 만일 적절한 반응 태도를 만들어내지 않는다면 회복력은 낮아질 것입니다. 그러니 자신을 도와야 할 때는 망설이지 마세요.

내 마음의 비상키트 만들기

어떤 일을 지나치게 부정적으로 평가하게 되면 뇌와 신경계에 여러 변화가 일어납니다. 우리가 어떤 일을 스트레스로 지각하게 되면 뇌와 신경계는 신속하게 대처를 하기 위해 준비를 합니다. 뇌의 자율신경계는 교감신경계와 부교감신경계로 구성됩니다. 교감신경계는 에너지를 동원하여 대응하는 역할을 하는 반면에, 부교감신경계는 에너지를 보존하여 자기 진정을 할 수 있게 도와줍니다. 스트레스 수준이 높은 경우에는 교감신경계가 과도하게 높아지기 때문에 과잉 각성과 여러 신체 증상이 생길 수 있습니다. 이때는 부교감신경계의 작용을 돕는 명상이나 신체 이완, 자기 위로와 같은 방법을 통해 안정을 취하면 쉽게 진정될 수 있습니다.

스트레스에 대한 민감성은 뇌의 화학 작용을 변화시켜서 스트레스가 지나간 후에도 그 상황이 지속되고 있다는 신경 신호가 전달됩니다. 과민한 상태가 지속되면 별일 아닌 일에도 매우 강렬하고 빠르게 감정적으로 반응하게 됩니다. 순식간에 감정에 압도되다 보니, 자신의 감정 안에서 빠져나오지 못하는 역기능적 패턴이 고착되지요. 잦은 정서적 강렬함은 고통을 처리하는 자기 조절 능력에 영향을 줍니다. 따라서 문제해결을 위한 대처보다는 정서적으로 반응하는 정서 중심의 대처를 하게 되는 것이지요. 이로 인해 감정적인 말과 행동을 자주 하여 주변 사람과의 갈등도 빈번해집니다. 얼마 전 감정 기복으로 인해 심리치료를 시작한 내담자는 자신의 마음 습관에 대해 "제가 자꾸 절 봐주는 것 같아요"라고 말하더군요. 그동안 자신을 별일 아닌 일에도 감정대로 행동하게끔 내버려둔 것 같다면서 새로운 변화를 다짐했습니다.

감정을 조절하지 못해서 일어나는 행동을 '기분 의존 행동'이라고 합니다. 자신의 감정에 관심을 갖지 않으면 습관적인 패턴을 깨뜨리기가 어렵습니다. 나중에는 그냥 이유 없이 감정적인 심리 상태에 빠질 수도 있습니다. 고유한 자기 패턴을 깨뜨리는 것이 바로 자기돌봄 전략입니다. 이는 위기 상황에 대처하기 위한 마음의 비상키트와도 같습니다. 자신만의 비상키트를 만들어봅니다. 이러한 자기돌봄이야말로 높은 회복 탄력성을 만드는 강력한 원천입니다.

기분에 압도당하지 않도록

평소 주변 일에 자주 감정이 앞서게 되면 생각과 행동의 일관성이 부족해지고 주변 사람에게도 감정적인 사람이라는 인상을 주기 쉽습니다. 어느 날 급하게 연락을 취해서 서둘러 예약을 신청한 내담자가 있습니다. 그는 화를 조절하는 데 어려움을 겪고 있었습니다. 성격적으로도 조급하고 참을성이 부족하다면서 도움을 요청했습니다. 가만히 일상을 살펴보니 감정 조절 실패로 인한 에피소드가 참 많았습니다. 가령, 어디에서든 상대방의 배려가 부족하다고 느끼면 감정을 강하게 표출하거나, 연인이 조금만 늦어도 참지 못해 다투거나, 가족에게 짜증을 내며 과민한 행동을 보이는 등 그야말로 잦은 마찰이 끊이지 않았습니다. 물론, 기대와는 다른 상황이 생기면 기분이 언짢을 수 있지요. 그러나 모두가 감정적으로 대응하는 것은 아니기에 자신의 반응 태도를 잘 인식할 필요가 있습니다.

내담자는 심리치료를 하면서 '사람들이 나를 무시하는 것 같다'라는 생각이 감정적인 행동에 영향을 준다는 것을 알게 되었습니다. 이후로는 자신의 사고 틀에서 벗어나 상황을 객관적으로 바라보려는 노력을 기울였습니다. 있는 그대로 본다는 것은 주관적 추론을 내려놓고 일어난 사실대로 인식하는 것을 말합니다. 사실 마음의 괴로움 중 상당수는 부정적인 추론이나 가정에 의해 일어납니다. 가령 '저 사람이 나를 피하는 것 같다' '사람들이 나를 좋아하지 않는 듯하다' '내가 말을 꺼내면 거절당할 것 같다'와 같은 임의적인 추론을 알아차리지 못하게 되면 주관적인 생각에 의해 고통이 커질 수 있습니다. 그러니 매순간을 경험 그 자체로서 인식하고 받아들이는 습관을 키우세요. 한 주간 감정이 커질 때마다 어떤 생각을 했는지 살펴보세요. 혹여 '~한 듯해' '분명 ~일 거야' 등과 같은 추론을 마치 사실인 듯 믿고 있지는 않은지요. 과연 추론을 믿는 사람과 사실을 보는 사람 중 누가 더 지혜로운 의사결정을 하게 될까요?

참는다고 해결되지 않는다

스트레스를 느낄 때마다 감정적인 대응을 하는 것도 역기능적인 대처이지만 감정을 억누르며 참는 방법도 효율적이지 않습니다. 감정 억제가 빈번해지면 미해결된 감정이 신체를 통해 발현되는 심인성心因性, psychogenesis 증상을 겪을 수 있습니다. 심인성이란 신체 증상의 원인이 심리적 문제에 있다는 뜻입니다. 신체는 감정의 통로와 같습니다. 따라서 평소 감정적인 순간마다 즉각적으로 심리적 회복을 돕는 방법으로 '자기 안정화'를 서두를 필요가 있습니다. 특히 스트레스를 받은 직후에 감정 조절을 위해 노력하다 보면 회복 탄력성도 좋아지고 평소의 민감한 반응도 낮아집니다.

먼저, 자기 진정을 유도할 수 있는 쉬운 방법으로는 명상이나 신체 이완 및 심상법imagination이 있습니다. 명상을 하며 몇 분 동안 호흡을 통해 심리적 안정을 유지하거나, 신체를 이완시키는 동작에 집중하며 주의를 전환하거나, 편안하게 느껴지는 이미지를 상상해봅니다. 즐겨 찾는 공간이나 장소, 사랑이나 안정감을 주는 대상, 여행지와 같이 편안함이 드는 이미지면 무엇이든 좋습니다. 이러한 진정 작용을 돕는 방법들은 모노아민신경전달물질인 세로토닌 농도에 영향을 주어 안정감과 평화로움과 같은 감정을 촉진시킵니다.

감정을 다스리기 힘들 때는 적합한 단어나 문장을 준비해두었다가 스트레스 상황에 적용해보세요. 평소 좋아하는 글귀를 기록해두었다가 읊조려보는 것도 좋고, 마음을 따뜻하게 한 누군가의 한마디를 생각해보아도 좋습니다. 이때 자신의 어깨를 감싸 안거나 가슴 위를 쓰다듬어 주면 더욱 좋습니다. 이를 '접촉 위안contact comfort'이라고 합니다. 신체를 안거나 쓰다듬으며 자신의 마음을 달래며 안정을 촉진하는 이러한 방법은 사랑이나 안전의 감정과 관련된 호르몬인 옥시토신과 행복과 같은 감정에 영향을 주는 도파민 분비를 촉진합니다. 심지어 이러한 치유 효과는 자신을 감싸거나 안아주는 장면을 상상하는 것만으로도 동일하게 나타납니다. 실제로 저는 대학생들, 클리닉의 내담자들, 직장인, 정신건강 실무자 등 그야말로 많은 이들에게 접촉 위안을 설명하며 연습을 해보는데요, 잠시 동안 자신에게 오롯이 집중한 채 감정을 헤아리며 신체를 감싸 안거나 쓰다듬는 것으로도 충분한 치유를 느낀다고 합니다. 우리의 바쁜 일상에는 늘 자기 위안이 필요합니다. 이처럼 마음을 조금 알아주었을 뿐인데도 이내 좋은 느낌을 얻을 수 있으니 말입니다.

세상을 살아가다 보면 낯선 경험들과 친해져야 하는 일이 생깁니다. 그중에서 우리가 가장 친해져야 하는 관계가 바로 자신과의 소통입니다. 어쩌면 주변의 다른 사람들과의 관계보다 더 자신과는 서먹해져 있을 수 있고요. 때론 한 번도 따뜻한 말을 건네어본 적이 없을 수도 있습니다. 간혹 클리닉의 내담자가 심리치료를 마친 후에 "나에게 이런 좋은 말을 하거나 좋은 생각을 해본 적이 한 번도 없었어요"라고 말하는 모습을 볼 때가 있습니다. 스트레스에 대한 대처 자원이 풍성해지면 자신을 도울 수 있는 많은 일을 할 수 있습니다. 그러니 자신의 마음 안에서 일어나는 일에 자주 관심을 기울여봅니다. 자신에게 다정할 수 있어야 자기 존중감과 자신감도 유지되고, 삶의 모든 일에 좀 더 유연해질 수 있습니다.

나를
사랑하기 위해
내가 해야 할 일

심리적 안정화 기법

○ **안전지대 만들기**

자신이 생각해볼 수 있는 안전한 장소의 이미지를 떠올립니다. 이곳에서는 누구의 방해도 받지 않고 혼자서 안전하고 평화롭게 쉴 수 있습니다.

떠오르는 장소가 있다면 이미지를 자세히 보면서 공간을 둘러봅니다. 지금 떠올린 이 장소는 내 마음속에 있기 때문에 언제, 어디서나 힘들 때면 찾아와서 안전하게 쉴 수 있습니다.

한번 마음속에 만들어두면 나중에 언제든지 머물 수 있습니다. 힘들거나 스트레스를 받는 일이 있으면 이 장소를 떠올리고 지금 느낀 안정감과 평화를 느껴보세요.

느낀 점 : _____

_____

○ 호흡 이완법

눈을 감고 몇 차례 호흡하며 이완합니다. 들숨과 날숨에 주의를 두며 호흡하는 동안의 몸의 느낌이나 감각을 알아차립니다.

이제, 날숨에 마음에 담긴 감정이 발끝을 통해 공간으로 빠져나간다고 생각해봅니다. 여러 차례 반복하면서 '지금 나의 괴로움이 사라진다'라고 생각해보세요.

감정을 색이나 빛으로 바꿔보며 고통이 사라지면서 치유되는 상상을 해보아도 좋습니다.

느낀 점 : _____

_____

○ **신체접촉 위안**

편안한 자세로 앉아 몇 차례 호흡하며 자신을 안정시키기 위한 준비를 합니다.

오른손을 왼쪽 가슴 위에 올려놓습니다. 위아래로 쓰다듬으면서 손바닥이 가슴 부위에 닿는 느낌이나 손길의 감각을 느껴봅니다.

두 팔로 양쪽 어깨를 감싸며 몸의 느낌이나 감각을 있는 그대로 느껴봅니다. 손바닥으로 가볍게 어깨를 두드리거나, 자신을 위로하고 격려하는 마음으로 감싸 안아주어도 좋습니다.

느낀 점 : _____

_____

사적인 대화는 친밀하게

우리의 생각은 언어와 밀접하게 관련되어 있습니다. 생각이라는 것은 드러나지 않는 내면 언어와 같지요. 이러한 내면 언어는 자신도 인식하지 못한 채 깊이 뿌리박혀 잠정적으로 자아에 안 좋은 영향을 미칩니다. 자신이 습관처럼 사용하는 혼잣말을 가만히 들여다보면 자신이나 타인, 상황에 관한 생각의 습관을 관찰할 수 있습니다. 만일 생각의 내용이 부정적이라면 그 생각을 억제하려고 하기보다는 효과적인 대처 방법으로 다루어야 근본적으로 문제를 해결할 수 있습니다.

하버드 대학교의 심리학자 댄 웨그너는 어떤 생각을 멈추려고 애쓸수록 오히려 이전보다 더 증가한다는 사실을 밝혀냈습니다. 생각을 억제하려는 시도는 상황을 더욱 악화시킬 뿐입니다. 원치 않는 어떤 생각이 떠오르면 언어적인 문제해결 전략인 자기 대화self-talk 연습을 해봅니다. 자신에게 도움이 되지 않는 부정적인 자기 대화가 습관화되면 모든 일에 비판적이고 냉소적인 역기능적인 자아가 발달됩니다. 따라서 스트레스 상황에서 주로 사용하는 자기 대화에는 어떤 것들이 있는지 파악하여 상황마다 도움이 되는 자기 대화로 대체해보세요.

부정적인 혼잣말을 긍정적인 자기 대화로

평소의 부정적인 생각은 내면적 언어의 형태로 드러납니다. 자신만의 고유한 혼잣말은 때론 의식하지 못할 만큼 오랜 습관이 되는 경우가 많습니다. 이러한 자기 대화는 겉으로 드러나기도 하고 속말로 나타나기도 합니다. 자신도 모르게 중얼거리는 혼잣말에는 어떤 내용이 들어 있나요? 혼잣말로 자신을 질책하면 기분에 영향을 줄 수 있습니다. 별일 아닌 일도 혼잣말에 따라 기분이 크게 변화될 수 있으니 평소 자기 대화를 잘 살펴보아야 합니다. 일전에 한 내담자는 작은 실수를 할 때마다 "이런 멍청이 같으니"라고 말한다고 합니다. 그 말을 하는 순간 화가 치밀어 오른다고 하기에 평소 자기 대화를 달리하는 연습을 계속하도록 했습니다. 그는 일상의 여러 상황마다 자기 대화를 달리하며 기분을 조절해나갔습니다. 이제는 오히려 긍정적인 혼잣말이 습관이 되어 일상의 기분 좋은 변화를 잘 유지하고 있습니다.

　주변의 가까운 동료도 자기 대화를 탐색하게 되면서 오랜 습관에서 벗어날 수 있었습니다. 그는 어떤 일을 잘 마치고 난 후에도, 길을 걷는 동안에도, 차를 마시는 중에도 늘 습관처럼 "아, 힘들다"라고 말합니다. 어느 날인가는 그 말을 내뱉은 후에 감정이 크게 가라앉더군요. 저는 그에게 혼잣말을 달리 해볼 것을 권했습니다. 그날 이후, 그는 자신의 일상을 부정적으로 처리해버리는 혼잣말을 긍정적인 자기 대화로 교정해나갔습니다. 나중에 들은 얘기지만 본인의 자기 대화를 관찰하는 동안 부정적인 혼잣말이 상당하여 적잖이 놀랐다고 합니다. 평소 바쁘게 지내니 일의 성과를 통해 보람을 느꼈지만 최근 들어서는 모든 일에서 벗어나고 싶다는 생각이 자주 들더랍니다. 그가 자주 느끼는 욕구와 생각이 자기 대화로 나타난 것이지요.

　부정적인 자기 대화는 스트레스 상황마다 다를 수 있기에 각 상황에 적합한 긍정적인 혼잣말을 마련해두면 도움이 됩니다. 부정적인 혼잣말을 변화시키는 것만으로도 생각이나 감정이 달라질 수 있습니다. 따라서 습관적인 자기 대화에 주의를 기울여 도움이 되지 않는 부정적인 자기 대화를 긍정적인 내용으로 바꾸고, 다양한 관점을 열어주는 자기 대화로 발전시켜 나갑니다. 의식적으로 특별한 의도를 시연하다 보면 마음의 습관을 변화시킬 수 있습니다.

긍정적인 혼잣말 만들기

우리는 일상에서 다양한 형태의 혼잣말을 하곤 합니다. 자기 대화는 감정이나 행동에 영향을 주기에 평소 자주 사용하는 혼잣말을 탐색해봅니다. 그런 후에 부정적인 자기 대화가 있다면 이를 긍정적인 자기 대화로 수정해보세요.

스트레스 상황에서 자주 사용하는 습관적인 혼잣말을 찾아봅니다.

self-talk 1. _____

변화가 필요한가요? 긍정적인 혼잣말로 바꿔보세요.

: _____

self-talk 2. _____

변화가 필요한가요? 긍정적인 혼잣말로 바꿔보세요.

: _____

self-talk 3. _____

변화가 필요한가요? 긍정적인 혼잣말로 바꿔보세요.

: _____

일상을 무너뜨리는 사사로운 생각들

철학자 에픽테토스epictetus는 '우리를 괴롭히는 것은 행위가 아니라 행위에 대한 사사로운 생각들이다'라고 강조한 바 있습니다. 평소의 생각이 온통 부정적인 내용으로 가득 차 있다면 저조한 기분에서 벗어나기 어렵습니다. 가령, '나는 무능력하다' '세상은 위험한 곳이다' '미래도 지금과 같을 것이다'와 같은 생각에 이끌린다면 늘 무언가에 압도되는 느낌일 수 있습니다. 비록 현재 많은 일에 둘러싸여 있다고 하더라도 끊임없이 비관적인 메시지를 반복한다면 생각 속에서 화내고 절망하는 일이 일상이 될 수 있습니다. 습관적으로 일어나는 부정적인 생각은 의식을 통해 빠르게 지나가기에 평소 주의를 기울이지 않으면 잘 알아차리지 못할 수 있습니다. 이를 '자동적 사고 automatic thought'라고 합니다. 부정적인 자동적 사고는 일상에 스며들어 삶을 방해하고 간섭합니다. 그러다 보니 마음과 달리 원치 않는 상황 속에 자주 놓이게 되고 이는 자책으로 이어지기 쉽습니다.

생각이 일으키는 메시지의 지배를 받게 되면 참된 실체를 잘볼 수 없게 됩니다. 자칫 자신에 대한 그릇된 오해가 생기거나 삶에 대한 두려움이 커져 나아갈 힘을 잃게 되는 것이지요. 인생이라는 여행의 어느 지점에 와 있든 모두 나름의 의미가 담겨 있기 마련입니다. 완벽한 인생이 과연 있을까요. 오히려 상황을 개선하고 싶다면, 어려움을 통해 배워나가겠다는 마음으로 현재를 받아들이고 나아가야 합니다. 진정한 내면의 힘은 '완벽한 나'에서 비롯되는 것이 아니라, '불완전한 나'를 감싸 안을 때 빛이 납니다.

부정적 생각을 다루는 법

일이 뜻대로 안 되고 마음이 괴로울 때는 잠시 멈춰서 내 안을 꽉 채우는 생각들을 가만히 바라봅니다. 지금 어떠한 생각들이 마음을 어지럽히는지 그저 지켜보세요. 생각 밖으로 나와서 생각을 보면 자신과 그 내용이 뒤엉켜지지 않습니다. 머릿속에 온갖 이야기들이 등장하더라도 자신과 생각 간에 거리를 두게 되면 마음의 여백이 생겨서 내면의 속삭임으로부터 보다 자유로워질 수 있습니다.

부정적인 생각을 다루기 위한 다른 방법으로는 생각의 마무리를 긍정적으로 전환해보는 것입니다. 마치 일기를 쓸 때 끝으로 자신에게 좋은 응원이나 격려를 하듯이 말입니다. 가령 '나는 실수투성이야'라는 생각이 들면 '실수를 안 하는 사람이 어디 있어. 실수를 통해 배워나가는 거야'와 같은 생각으로 전환하는 것이지요. 생각을 부정적인 내용으로 끝맺기보다는 긍정적인 내용으로 바꾸는 간단한 방법만으로도 얼마든지 감정의 수준을 조절할 수 있습니다.

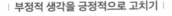

| 부정적 생각을 긍정적으로 고치기 |

나는 실수투성이야. → 실수를 하면서 배워나가는 거지.

부정적인 생각은 인지 왜곡에서 비롯되는 경우가 많습니다.

자신이 주로 하는 인지 왜곡을 알게 되면 지배적인 생각의 영향에서 벗어나 마음을 잘 다룰 수 있게 됩니다. 인지 왜곡 중 대표적인 예를 들자면 '흑백 논리'가 있습니다. '성공과 실패' '좋고 나쁨'과 같이 상황을 양극단으로 평가하는 것이지요. 또한 '개인화'의 오류에 빠지게 되면 어떤 일을 지나치게 자신과 관련지으며 걱정하고 염려하게 됩니다. 심지어 자신과 무관한 일조차 신경을 쓰며 예민해지니 불쾌한 기분을 자주 느끼게 됩니다. 예를 들어 저녁 모임이 금세 끝나는 경우 '내가 참석해서 그런가? 내가 한 말이 분위기를 망쳤나 보다'라고 생각하게 되는 것이지요. 그 외 '독심술'의 오류는 다른 사람의 마음을 다 알고 있다고 느끼는 것입니다. 그러다 보니 지레짐작으로 판단하여 많은 오해와 갈등이 생깁니다. 또한 '재앙화'의 오류에 빠지게 되면 어떤 일의 결론을 늘 부정적으로 평가합니다. 그러다 보니 항시 걱정과 불안을 떠안고 살아가게 되지요. 평소 특정한 생각에서 벗어나기 어렵다면 인지 왜곡을 찾아 수정하거나 지배적인 생각의 이점이나 효율성을 살펴보세요. 노란색 안경을 쓰고 세상을 보면 온통 노란색으로 보일 수밖에 없습니다. 생각이란 렌즈 밖으로 빠져나와서 봐야 합니다.

생각을 잘 다스리는 것도 중요하지만 더 나은 행동을 해나가는 것도 무척이나 중요합니다. 평소 바라던 의미 있는 활동들을 구체적으로 계획해서 바로 행동으로 시작해봅니다. 하루에 한 가지씩 자신을 도울 수 있는 행동을 꾸준하게 실천해보세요. 스스로 자신의 문제해결사가 되어 노력하다 보면 자신감을 키울 수 있고 문제해결 능력도 높아집니다.

자동적인 사고 탐색하기

특정 상황별로 자신의 자동적 사고를 탐색해봅니다. 각 상황마다 자동적으로 일어나는 생각의 내용을 찾아 기록합니다.

어떤 일을 시작하기 두려울 때 :

실수가 일어나서 당황할 때 :

계획한 대로 진행이 안될 때 :

일을 끝까지 마무리하지 못했을 때 :

_____

어떤 제안을 거절당했을 때 :

_____

그 외 :

_____

각 상황별로 자신에게 도움이 되는 생각으로 수정해보세요.

어떤 일을 시작하기 두려울 때 :

_____

실수가 일어나서 당황할 때 :

_____

계획한 대로 진행이 안 될 때 :

_____

일을 끝까지 마무리하지 못했을 때 :

_____

어떤 제안을 거절당했을 때 :

_____

그 외 :

_____

나를 옭아매는 관계에 대하여

삶에서 통제감을 느끼는 것은 활력이나 동기 및 자신감에 영향을 미칩니다. 그러나 자기 통제에 지나치게 몰두하면 자기중심적 욕구를 조절하지 못해 강박적인 통제 행동을 보이기도 합니다. 매사 자기 뜻대로 하려고 하니 관계 갈등이나 대립이 일어나기 쉽고, 간섭과 통제를 통해 관계를 유지하니 자칫 지배적인 상호 관계가 될 염려가 있습니다. 특히 가까운 관계일수록 소유와 집착의 욕구가 두드러지는데, 이는 자기 우월감을 자극하고 결핍된 애정이나 승인 욕구를 부추기기에 지속적인 악순환이 초래될 가능성이 큽니다.

대인관계에서의 집착은 역기능적 자기애와 관련이 있습니다. 건강한 자기애가 형성된 경우에는 자신과 타인에게 수용적이며 긍정적인 교감을 통해 심신의 안녕을 유지합니다. 반면에 병적인 자기애가 형성되었을 때는 자신의 욕구만을 중요시하기에 타인의 감정이나 상황을 고려하지 못하는 자기중심적 행동을 보이지요. 타인을 자신의 자기애적 부속물로 여기며 자기존재감을 느끼려 하고, 때론 상대를 교묘하게 이용하기도 합니다. 그러나 자신의 행동에 대한 통찰이 어려워 태도의 변화가 잘 일어나지 않습니다. 특히, 내면에 깊이 자리한 열등감을 힘과 통제로써 보상받고자 하기에 안정적인 관계 경험이 빈약해지고, 그 결과 신뢰할 만한 대인관계를 발전하고 유지하는 데어려움을 겪는 것이지요.

가스라이팅이 일어나는 이유

병적인 자기애의 심각성은 사랑하는 능력의 결핍에 있습니다. 그러다 보니 공감 능력이 부족하고 소유를 통한 교감에만 몰두하는 경향이 있지요. 자신이 원하는 바를 상대가 들어주지 않을 때는 분노를 표출하며 저항하지만, 상대방의 욕구는 무시합니다. 오히려 자신의 감정 폭력의 이유를 상대방에게 돌리며 책임을 회피하는데, 그 과정에서 '가스라이팅gaslighting'이 정교하게 시작됩니다. 상대방을 위한 행동이라고 변명하며 자기 정당화를 하지만 이는 정신적으로 미숙하고 유아적인 행동일 뿐입니다.

가스라이팅이 반복되는 동안 자신의 행동을 과장하며 마치 자기로 인해 상대방이 심리적 혹은 사회적인 이득을 얻은 것인 양 사실을 포장하곤 합니다. 이로 인해 상대방은 판단력을 잃고 심리적인 의존 상태에 빠지게 됩니다. 상대방에게 정신적 학대를 하면서도 상대를 걱정해주는 것만 같은 말로 정신적인 혼란감을 주기에, 상대는 파괴적인 관계의 덫에서 빠져나오기가 쉽지 않습니다. 아래는 대표적인 가스라이팅의 예입니다.

"널 받아 줄 사람은 나뿐이야."

"너는 나 아니면 안 돼."

"누가 이렇게 신경을 쓰겠어. 그러니 나에게 잘해야만 해."

가스라이팅의 문제는 상대를 위한다고 주장하고 있으나 정작 이들 곁에 있는 동안은 요구와 통제로 인한 심리적 고통만 남게 된다는 것입니다. 이들은 상대방이 자신의 힘과 중요성을 무너뜨린다고 느낄 때는 공격적인 태도를 취합니다. 이런 이유들로 다른 대안을 마련하지 못해 문제를 효율적으로 처리하기 어렵습니다. 이러한 병리적 자기애를 보이는 사람은 직장, 연인, 친구 관계 등 어디에서든 나타날 수 있습니다.

자기애가 강한 상대로부터 피해를 겪고 있음에도 초기에는 이를 파악하기 어려울 수 있습니다. 그 이유는 이들의 집착이 각별한 관심이나 친절 또는 사랑으로 가장해 다가오기 때문입니다. 다만 이들과 가까워질수록 주변 관계가 멀어진다거나, 자존감이 낮아지거나, 심리적으로 위축되고 불안이 커진다면 친절 아래에 숨겨진 통제와 집착을 살펴볼 필요가 있습니다. 이에 특정한 관계로 인해 고통을 받는다면 자신의 감정 상태나 주변과의 관계 및 일상의 변화 등에 관심을 기울여야 합니다. 특히 상대와의 관계를 잘 유지하고 싶은 갈망이 크거나, 상대를 이상적인 존재로 여기거나, 상대의 인정이나 수용을 중요하게 여기고 있다면 정신적 학대의 시그널을 놓칠 수 있기에 더욱 각별한 주의가 필요합니다.

정서 학대에서 벗어날 용기와 스스로를 탓하지 않는 마음

자신을 옭아매는 정신적 학대에는 적극적인 대응을 해야 합니다. 이때는 상대에게 단호하게 입장을 표현하며 학대에 대한 거부 의사를 밝힙니다. 만일 상대가 자기 입장만을 고수하며 변명하거나, 또다시 가스라이팅을 통해 책임을 전가한다면 그 관계를 포기해야 합니다. 만일 상대와의 관계가 접촉을 피할 수 없는 관계라면 심리적 거리를 두고 접촉을 최소한으로 줄이세요. 병적인 자기애를 지닌 사람들은 삶에서 자신의 존재를 확인해주고, 이상화하며, 의존해오는 관계로부터 자기정체감과 자존감을 느낍니다. 심리학자인 하인즈 코허트는 이들을 결정적 시점에 물과 햇빛이 너무 부족해서 성장을 멈춘 나무와 같다고 묘사했습니다. 이들의 학대와 착취적 관계를 이해하기 위해서 시간을 소모하거나 관계를 회복하기 위해 헌신하기보다는 자신을 되찾기 위한 현실적인 방법을 찾는 것이 가장 먼저 해야 할 일입니다. 설령, 어떤 결정적인 계기로 인해 문제가 여실히 드러났다고 하더라도 후회하는 모습은 잠시일 뿐, 관계가 회복되면 더욱 강한 집착과 통제를 보이며 구속하려 들 것입니다.

간혹, 학대적인 관계에서 벗어나는 데 필요한 시점을 두고 망설이거나 자신의 탓을 하며 갈등하는 경우가 있습니다. 어떤 방식으로든 학대는 명백히 폭력이며 이는 정당화될 수 없습니다. 그러니 자신을 탓하지 않아야 합니다. 이제는 자신을 돌보는 일에만 집중하면서 피해를 주는 관계에서 벗어나 일상에서 놓친 부분들을 되돌리는 회복의 시간을 갖도록 합니다. 한 동안은 온전히 자신만을 위한 공간을 늘려 보고 가까운 주변과의 소통을 통해 유대감이나 안전함을 느껴보세요. 다만, 이 과정 동안 회복이 더디더라도 자신을 의심하거나 자책하지 않도록 합니다. 그보다는 지금 필요한 것이 무엇인지를 살핀 후에 긴장을 줄일 만한 편안한 활동을 늘려나갑니다. 심리적 회복을 위한 시간이 필요하니 조금 더 천천히 기다리며 마음을 챙겨봅니다. 살다 보면 뭔가 균형이 어긋나는 일들이 있습니다. 만일 답답한 마음이 들거나 자기 확신이 들지 않는다면 그것을 신호로 삼아 마음의 중심을 바로 잡아봅니다. 내가 하는 모든 일은 다시금 삶에 스며들어 심리적 성장과 정신적 안녕을 가져다줄 것입니다. 자신의 정체성을 존중하는 선택만으로도 당신은 이미 충분히 소중합니다.

나를
사랑하기 위해
내가 해야 할 일

가스라이팅 체크리스트

다음은 가스라이팅이 진행되는 경우 흔히 나타날 수 있는 초기 신호입니다. 만일 특정 관계에서 아래의 항목에 해당하는 일이 일어나고 있다면 정신적 학대가 지속되지 않도록 관계를 재정립해볼 필요가 있습니다.

☐ 왠지 몰라도 결국 항상 상대의 방식대로 일이 진행된다.

☐ 상대로부터 '너는 너무 예민해' '나는 그런 이야기한 적이 없어' '너가 잘했으면 이렇게 화내지 않잖아' '널 챙겨줄 사람은 나뿐이야. 그러니 나에게 잘해야 해' 등의 말을 들은 적이 있다.

☐ 상대방의 행동에 대해 주변 사람들이 자주 걱정한다.

☐ 상대방이 윽박지를까 두려워 거짓말을 하게 된다.

☐ 상대방을 알고 난 후 자신감이 없어지고 무기력해진다.

☐ 상대방에게 다른 의견을 말하면 무시되거나 비난받는다.

☐ 상대방으로부터 점차 나 자신을 자주 방어하게 된다.

☐ 상대방과 함께 있으면 위축되거나 자주 눈치를 보게 된다.

☐ 상대방과 함께일 때 내 감정을 자주 참게 된다.

☐ 상대방을 제외한 주변 관계가 멀어지거나 단절된다.

가스라이팅에 해당이 되는 항목은 단 하나여도 삶에 미치는 심리적 피해는 큽니다. 정신적 고통은 같은 상황이 반복될 때 일어난다는 것을 잊지 않도록 합니다.

내 안에 잠든 정서 기억 다루기

지난 기억 중 일부는 당시의 감정이 더해져 시간이 지난 후에도 마음을 아프게 합니다. 과거의 기억을 떠올리다 보면 자연스럽게 감정이 변하여 기분이 나아지기도 하지만 오히려 마음이 편치 않아 온종일 어수선하고 복잡한 기분을 추슬러야 할 때가 있습니다. 특히 상처가 깊은 지난 기억은 감정마저 고스란히 남아, 예고 없이 밀려오는 감정 안에 갇혀버리곤 합니다. 지금까지의 삶 전체를 돌아봤을 때 가장 행복했던 순간은 언제인가요? 반면에 가장 마음이 아프던 날은 언제였나요? 그때의 일들이 현재의 삶에 얼마나 영향을 미쳤는지와 관계 없이 지난 일을 바꿀 수는 없습니다. 그러나 잘못 작동되는 부분을 이해하지 못한 채 살아간다면 지금 내 앞에서 일어나는 일들을 제대로 파악하고 인정하는 데 어려움이 생길 수 있습니다. 현재의 상태가 되기까지 지난날의 시간과 모든 것들의 관계성을 이해한다면, 내 마음은 세상일을 담아낼 수 있는 커다란 그릇이 될 것입니다.

심리치료를 받던 한 내담자의 경우 어린 시절 부모의 잦은 다툼으로 늘 긴장 속에서 자랐다고 합니다. 성인이 되어서는 일찍 직장을 구해 안정을 찾았고 결혼해서는 단란한 가정을 꾸렸습니다. 그런데 직장 내 특정한 누군가의 발소리를 들을 때마다 어린 시절 늘 폭력적이었던 아버지가 연상되어 심장이 두근거리고 불안해져서 심리치료를 하게 되었다고 합니다. 특정 상황에서 불안이나 공포와 같은 강한 감정을 느끼면 당시의 자극과 자신의 반응 간의 연합이 일어나 이후에도 그와 같은 자극에 같은 반응이 일어납니다. 이를 조건화conditioning라고 합니다.

조건화는 일상의 여러 일들에서 학습될 수 있습니다. 가령, 어느 날 물에서 놀다가 놀란 경험을 겪었다면 이후 물 공포증이 생겨서 물가 근처에 가기만 해도 두려움이 생기는 것과 같습니다. 특히 높은 수준의 불안이나 긴장을 느꼈던 일은 감정이나 신체 감각이 그 상황과 연결되어 동일하거나 유사한 상황에서 같은 반응이 일어납니다. 이와 같은 어려움이 있다면 새로운 학습을 통해 연합의 연결고리를 끊어내야 합니다. 다만 트라우마와 같은 충격이 큰 사건이나 스스로 감당하기 어려운 경험들은 전문가의 도움을 받아 함께 해결하는 게 좋습니다.

불안한 감정을 다루는 네 가지 방법

조건화된 감정을 다루기 위한 대표적인 방법으로는 체계적 둔감법systematic desensitization이 있습니다. 이는 이완 반응과 불안 자극을 반복적으로 연합시켜 자극에 대해 둔감해지도록 유도하는 방법입니다. 즉 새로운 조건화를 통해 이전에 학습된 반응이 일어나지 않도록 하는 것이지요. 이를 위해서는 먼저 이완 훈련이 충분히 선행되어야 합니다. 만일 그렇지 않으면 이완 반응의 효과가 나타나지 않아 불안이 억제되지 않습니다. 또한 처음부터 높은 수준의 불안을 유발하는 자극으로 시작하기보다는 낮은 단계부터 점진적으로 접근해야 불안을 쉽게 다룰 수 있습니다. 이완 훈련을 몇 주간 충분히 연습한 후에 몸에 잘 익혔다면 이완된 상태에서 낮은 수준의 불안을 일으키는 장면을 떠올립니다. 이완된 상태에서는 불안이 억제되는 효과가 나타나기에 점차 불안한 자극에 둔감해집니다. 이 단계에서 더 이상 불안이 일어나지 않는다면 같은 방식으로 다음 단계의 불안 유발 상황으로 접근해나갑니다. 이는 불안장애를 치료하기 위한 행동치료 방법으로써 여러 번 훈련하면 실제 상황에서 불안에 압도되지 않게 됩니다.

다른 방법으로는 회피했던 자극을 다시 경험해보는 것입니다. 경험의 빈도를 늘려가면서 이전과는 다른 여러 경험을 만들어나가야 인식의 변화가 일어납니다. 다만 이때 경험을 만들어가면서도 생각으론 실패할 것이라고 여기거나, 이러한 경험을 하고 싶지 않다고 강하게 부정하게 되면 불안을 가중시키는 생각 때문에 새로운 경험을 학습하기 어렵습니다. 그러니 자신의 행동과 생각의 부조화가 일어나지 않도록 유념합니다. 이때는 자신에게 용기와 격려를 보내며 귀하고 중요한 경험이 펼쳐질 수 있도록 돕습니다. 연습을 거듭하면 어느덧 적응 능력이 증진되고 자기 효능감도 커집니다. 만일 믿었던 사람에 대한 배신감이나 절망감이라는 상처를 얻었다면 이후론 다른 사람에 대한 경계와 방어가 생겨나 관계를 피하거나 심리적 거리를 두며 지낼 수 있습니다. 이는 상처받지 않고자 하는 내면의 욕구에서 비롯되었지만, 새로운 인간관계를 억제하다 보면 의미 있는 관계를 경험해볼 수 있는 기회조차 제한됩니다. 어느 하나의 감정에 얽매여 머무르게 되면 오히려 계속 끌려가게 됩니다. 과거의 경험에 의해서 생겨난 관념을 모든 대상에 대입시킨다면 내 상황이 더욱 어려워지고요. 그러니 오래된 생각이나 감정이 현재를 흔들게 내버려두지 마세요. 아무도 보지 않는 마음의 담벼락을 허물고 원하는 바를 향해 마음을 열고 발길을 내딛는 용기를 내어봅니다.

특정한 기억을 애써 없애려고 하기보다는 감정적 소진을 일으키는 생각이 일어날 때마다 주의를 다른 곳으로 옮겨놓는 방법도 도움이 됩니다. 무엇을 잊기 위해 신경을 쓰면 쓸수록 더욱 각성이 되어 오히려 그 주제에서 벗어나기가 어렵습니다. 이는 마치 차가운 컵을 손에 쥐고 있으면서 '너무 차갑고 시리다'라고 여기는 것과 같지요. 그러니 단순하게 다른 대상으로 주의를 전환하여 지금 하던 일에 집중하거나 혹은 기분을 좋게 하는 향기나 소리, 이미지를 떠올리며 긴장을 놓아줍니다. 과도한 고통에서 벗어나려면 실제로 불안이나 긴장을 완화시키는 자극으로 이완을 도와주어야 진정이 됩니다. 물론 오랫동안 살면서 체화된 감정은 그리 간단히 없어지진 않습니다. 그러나 주의를 전환하여 감각을 편하게 두는 연습을 하면 그 감정에 휘둘리지 않고 차츰 극복할 수 있게 됩니다. 다만 감정에도 습관이 있기 때문에 여러 번 노력하고 연습해야 한다는 것을 잊지 마세요.

마지막으로 자신의 생각을 바라보며 수반되는 감정을 자연스럽게 흘려보내는 인지적 탈중심화cognitive decentering기법을 소개합니다. 이는 마치 마음속 생각과 감정을 숲 밖에서 숲 전체를 보듯이 또는 언덕에 앉아 그 아래나 주변을 둘러보듯이 바라보는 것과 같습니다. 내 마음을 어떻게 둘 것인지를 생각하기보다는 현재 마음 안에서 일어나고 있는 경험을 간섭하지 않은 채 내버려두세요. 가만히 마음을 지켜보다 보면 점차 감정이 잦아들면서 특별한 동요 없이 감정과 함께 머물 수 있게 됩니다. 우리는 얼마든지 안전한 마음의 환경을 만들어낼 수 있습니다. 자신을 돕고자 하는 마음만 있다면, 이 마음은 어떤 식으로든 자신을 인도하여 자기를 보호하고 지켜주는 힘이 될 것입니다.

나를
사랑하기 위해
내가 해야 할 일

주의를 전환하기

주의를 전환하기 위해 간단하게 해볼 수 있는 방법을 안내합니다. 그 외 자신만의 주제나 이미지를 별도로 생각해보세요.

○ 즐겁거나 재미있거나 신났던 과거의 일을 떠올려봅니다. 행복한 기억들에 대한 많은 세부 사항을 주의를 기울입니다. 무엇을 했는 지요? 누구와 함께 있었나요? 무슨 일이 일어났나요?

_____

_____

○ 주위의 다른 대상으로 주의를 전환합니다. 만일 가까이 가서 볼 수 있다면 다가가 자세히 바라봅니다. 꽃, 나무, 식물, 그림, 사진, 풍 경 등을 관찰합니다. 자신이 관찰할 수 있는 것을 구체적으로 살펴 보거나, 눈을 감고 과거에 본 적 있는 장면을 상상하는 방법도 괜찮 습니다.

_____

_____

○ 자신에게 중요한 영향을 미치는 누군가가 당신을 칭찬하고 격려 한다고 상상해봅니다. 그 사람은 어떤 이야기를 하나요? 그 사람의 이야기를 들으면 마음이 어떤가요?

_____

_____

◦ 자신이 가장 좋아하는 문장이나 격언을 읊조려보세요. 간단하게 메모해두었다가 기분이 안 좋을 때마다 반복해서 읽어도 좋습니다.

_____

_____

◦ 그 외, 자신만의 방법을 찾아봅니다 :

_____

_____

PART 2

현재에 머무는 연습

Self
Compassion
16

판단하는 마음 내려놓기

우리가 일상을 지금보다 더 단순하게 보고 느낀다면 어떤 변화가 일어날까요? 다른 사람의 말이나 행동의 의미를 찾아 나서지 않은 채 눈에 보이는 그대로 받아들인다면 말이에요.

우리에게는 저마다 오래도록 자리한 뿌리 깊은 마음의 습관이 있습니다. 감정이나 행동에 영향을 주는 정신적 습관은 시간이 지나는 동안 단단해져서 쓸데없는 관념과 집착을 만들어냅니다. 우리를 둘러싼 많은 고통의 근원에는 판단하는 마음이 있습니다. 특히 특정한 관념에 사로잡히게 되면 경험을 있는 그대로 보지 못하게 되는 것이지요. 우리는 자신만의 관념 속에서 경험을 규정하고 구분하고 때론 단정짓습니다. 자신이 믿

PART 2 현재에 머무는 연습

123

고 있는 생각 때문에 커다란 슬픔과 두려움에 사로잡히기도 하지만, 그 힘이 강해지면 경험으로부터 배우고 성장하기 어렵습니다.

어린 시절부터 학습되어 온 판단하는 마음

판단하는 마음은 어린 시절부터 학습되어 온 영향이기도 하고, 자기 보호나 적응을 위해 발달된 정보처리 양식이기도 합니다. 다만, 모든 일을 판단하려 든다면 삶의 참모습을 제대로 파악하고 이해하는 지혜가 부족해집니다.

판단하는 마음이 앞선다면, 내 상황은 실제로 문제가 없는데도 자신의 관점으로 볼 때는 늘 문제로 보여 괴로움이 생깁니다. 다른 사람을 대할 때도 이미 정해진 틀 안에서 그 사람을 비교하고 평가한다면 진정으로 누군가를 이해하기가 어렵습니다. 세상일에도 이와 같다면 삶을 향해 나의 뜻대로 움직여야만 한다고 요구하는 것과 같습니다. 살아가는 내내 판단하는 마음을 잘 살필 수 있어야 내 마음이 어딘가에 얽매이지 않고 자유로워집니다.

판단하는 마음이 습관이 되지 않게

판단하는 마음은 부정적인 인지적 편향을 일으키기 쉽습니다. 그러다 보니 중립적인 사건조차 부정적으로 바라보게 되는 것이지요. 심리치료를 하다 보면 단순하게 보고 느끼고 싶다는 호소를 자주 듣습니다. 대개는 생각이 지나치게 많아서 이런저런 일을 흘려보내지 못하고 판단하느라 괴로움을 겪습니다. 또한 생각의 유연성이 부족한 경우가 많습니다. 조금만 다른 관점으로 보면 편해질 수 있음에도 자신의 관념에서 벗어나지 못하니 부딪히는 세상일이 많습니다. 또한 자기중심적인 태도가 높은 경우도 판단이 앞서게 됩니다. 자신의 욕구를 우선시하다 보니 욕구대로 안 될 때는 타인을 비난하고 평가하며 상대방이 바뀔 것을 요구합니다. 이는 가정이나 직장, 어디에서든 다를 바가 없어서 주변 사람들은 이들의 요구를 맞추느라 늘 스트레스를 받습니다.

일전에 한 내담자께서 주변 사람들에게 융통성이 없다는 말을 듣거나 생각이 극단적이라는 소리를 자주 듣는다고 합니다. 그는 "전 융통성이 없는 것이 아니라, 원칙이 분명한 사람일 뿐이에요"라고 말하며 가족이나 동료들이 느끼는 불편한 감정이 이해되지 않는다고 합니다. 원칙이 분명하다면 삶의 태도에 일정한 도움이 될 수 있겠지만, 상황이나 과정을 고려하지 않는다면 고집이 될 수 있고, 타인에게까지 자기 원칙을 강요하면 집착이나 통제가 될 뿐입니다. 자신만의 원칙에 의존하여 타인을 평가하거나 특정한 행동을 요구한다면 늘 불편한 관계나 갈등이 계속되겠지요.

판단하는 마음이 습관이 되면 상대방의 감정이나 행동을 이해하거나 공감하기 어렵고 대처 능력도 떨어집니다. 자녀와의 의사소통에서 잦은 갈등이 생겨 클리닉을 찾은 내담자는 자녀에게 자주 듣는 말이 "엄마는 내 마음을 이해하려고 하지 않고 늘 잔소리만 해"였습니다. 그런데 내담자의 눈에는 자녀의 행동이 매사 부족해보여서 간섭할 수밖에 없다고 합니다. 며칠 후 자녀와 면담을 해보니 "어릴 때부터 우리집은 늘 엄마의 생각이 중심이었어요"라고 말하며 자라는 동안 항상 '오늘은 또 어떤 지적을 받을까' '또 엄마한테 혼나겠지'라는 생각에 사소한 일에도 긴장하며 불안해했다고 합니다. 자녀와의 소통에서 판단하는 마음을 내려놓았다면 더 많은 귀하고 중요한 것을 마음에 담을 수 있었을 텐데, 마음 안에 불필요한 생각들이 가득 담겨 가치 있는 순간들을 살피지 못한 것이지요.

행위양식에서 존재양식으로

마음은 크게는 '행위 양식doing mood'과 '존재 양식being mood'으로 구분됩니다. '행위 양식'이란 자동적이고 습관적인 처리방식을 말하는데요, 스스로 의식하지 않으면 정신적 습관이 이끄는 대로 생각하고 행동할 수 있습니다. 그렇다면 존재 양식이란 무엇일까요. 존재 양식이란 현재를 있는 그대로 보고 느끼는 마음의 태도를 말합니다. 판단하는 마음이 습관화되면, 사실 이상의 것을 사실로 받아들이게 되면서 과도한 고통이나 불필요한 괴로움이 생깁니다.

행위 양식	존재 양식
습관이 이끄는 대로 생각하고 행동하는 것	현재를 있는 그대로 경험하는 것

현재를 있는 그대로 느끼는 삶을 위한 네 가지 방법

현재를 있는 그대로 경험하는 '존재 양식'으로의 전환은 언제든지 가능하며 쉽고 간단합니다. 몇 가지 과정을 연습하다 보면 체화가 되어, 자연스럽게 경험을 판단하지 않고 있는 그대로 생각하는 힘이 생깁니다. 존재 양식의 시간이 늘어날수록 매사 생각으로 경험하던 방식에서 벗어나 직접적인 경험을 통해 느끼게 됩니다. 그 결과 삶의 풍요로움도 정신적 자유도 커집니다. 그럼, '존재 양식'으로 살아가기 위한 몇 가지 방법을 살펴보도록 합시다.

첫째, '감각 키우기'입니다. 치우치는 마음에서 벗어나 생생하게 깨어있는 의식을 느끼고자 한다면, 한동안은 감각을 통한 자각을 증진하는 활동을 늘려보세요. 하루에 여러 번 오감을 통해 들어오는 자극에 주의를 기울이며 그때 느껴지는 감각을 중심으로 인식합니다. 가령, 걷는 동안의 몸의 움직임, 공기와 바람이 피부에 닿는 느낌, 차를 마시는 동안의 맛 등의 감각에 주의를 기울입니다. 직접적인 경험을 알아차리다 보면 이전과는 달리 일상이 새롭게 인식될 것입니다.

둘째, '있는 그대로 바라보기'입니다. 판단하는 마음을 다루고 싶다면 경험을 바로 보고 느끼고자 하는 마음가짐이 필요합니다. 즉, 자신의 경험을 있는 그대로 보고자 하는 의도가 필요합니다. 다른 사람과 이야기를 할 때는 자신의 관념에서 벗어나 상대방을 경청하며 그 경험을 있는 그대로 보세요. 일전에 한 내담자가 늘 큰 소리로 말하고 감정을 극적으로 표현하는 주변 사람으로 인해 크게 스트레스를 받아서 밤잠을 설치게되었다고 합니다. 내담자는 상대방의 말이나 행동을 떠올리며 '오늘도 마주할 텐데 너무 화가 난다'라고 생각하니 더욱 감정이 커지더랍니다. 그러나 이제는 상대방의 태도를 단순하게 인식하며 '목소리나 감정표현이 크네' 정도로만 생각하고, 이내 해야 할 일에 주의를 두며 크게 신경을 쓰지 않는다고 합니다. 이후로도 판단하는 마음이 삶의 괴로움이 된다는 깨달음을 지켜가면서 가능한 한 있는 그대로를 보고 느끼고자 노력한다고 합니다.

셋째, '판단하는 마음 관찰하기'입니다. 마음속에서 일어나는 판단이나 평가를 관찰해보세요. 생각의 내용을 살펴보면서 '무엇이 나를 이끌고 있는가' '내 마음에 무슨 일이 일어나고 있는가'라고 질문해보아도 좋습니다. 자신의 삶에 도움이 되지 않는데도 단지 '옳다'고 여기는 것을 고집하고 있지는 않은지 살펴봅니다. 또한 부정적인 평가에 빠져 있는 것이 과연 삶에 생기와 활력을 주는지도 살펴보세요. 이러한 생각에 머무는 동안 감정이나 신체 감각이 어떠한지 관찰해보도록 합니다. 판단하는 마음을 받아들일수록 내 마음에는 걷잡을 수 없는 폭풍이 몰아칠 것입니다. 그러니 자주 내 마음 안에 자리한 판단하는 그 마음을 관찰해보세요.

넷째, '경험을 기술하기'입니다. 일어난 일을 판단하지 않고 기술하는 생각 습관을 들이는 것입니다. 이 연습은 매우 간단히 시작해볼 수 있습니다. 마치 산책을 하며 '바람이 시원하다' '햇살이 눈부시다'와 같이 사실 중심으로 인식하는 것이지요. 일전의 한 내담자가 남편에 대한 불만을 말하며 "주말에 기다리던 수업이 있어서 아이들을 부탁했어요. 그런데 현관 앞에서 좀 웃어주면 될 텐데 그냥 무표정하게 다녀오라고 하는 거예요. 그리고 수업 중간에 아이들과 노는 사진을 계속 보내는데 무슨 생색을 이리 내는지 모르겠어요. 너무 화가 나요"라며 지난 일로 여전히 마음이 편치 않다고 합니다. 그런데 이 상황을 가만히 살펴보면 내담자의 화의 근원이 판단하는 마음에서 비롯되었다는 것을 금세 아실 수 있을 거예요. 사실 그대로만 느꼈다면 주말 수업을 마음 편히 듣거나 혹은 고마운 가족이란 생각까지 들면서 기분이 좋았었을 텐데, '무표정한' '생색을 내는'이라는 내용으로 인해 감정이 일순간 화로 변해버렸어요. 사실 중심으로 기술해보는 연습이 왜 중요한지 느껴지시지요. 자주 연습하다 보면 별일 아닌 일을 별일로 키우지 않게 됩니다.

판단하는 마음은 심리적 유연성을 낮추고 삶의 의미 있는 순간을 가로막는 마음의 장벽입니다. 마음 안에 높은 담장을 쌓고 있으면 누구도 그 안으로 들어오기 어렵겠지요. 습관적인 판단을 내려놓는다면 다른 어떠한 결과를 만들게 될까요? 오늘 하루, 여러분의 판단은 무엇이었나요.

나를
사랑하기 위해
내가 해야 할 일

판단하는 마음 내려놓기

최근 일어났던 스트레스 상황을 가만히 떠올려봅니다. 그리고 그 상황에서 일어났던 일을 생각나는 대로 기록해봅니다.

스트레스 상황 :

_____

_____

_____

이제 기록한 내용을 다시 살펴본 후 판단하는 마음에 해당되는 내용을 제외한 객관적인 사실을 중심으로 상황을 기술해봅니다.

객관적인 사실 :

_____

_____

_____

타인에게 둘러싸여 지친 나를 위한 타임아웃

　우리에게는 몸과 마음을 새롭게 하기 위한 일정한 수준의 정
신적 에너지가 필요합니다. 하루 동안의 일과를 돌아볼까요.
나를 위해 충실했나요? 아니면 다른 사람을 배려하느라 나에
게 소홀했나요? 다른 사람을 위해 헌신하거나 신경을 쓰며 지
내다 보면 정작 자신을 돌볼 수 있는 마음의 여유를 놓치기 쉽
습니다. 가까운 주변 사람의 기대를 저버리지 않기 위한 책임
이나 의무를 다하다 보면 자신에게는 소홀해지기 쉽고, 다른
사람에게 좋은 모습이길 바라는 욕구가 크면 내 마음을 돌아볼
여유가 부족해집니다.

　만일 일주일간 자신의 일상을 곁에서 지켜볼 수 있다면 어떨

까요. 지난 일주일을 가만히 떠올려보세요. 자신의 모습이 어때 보이나요. 힘들어할 때는 어떤 말을 건네주고 싶으세요. 나 자신을 건강하고 평온하게 유지하는 것이야말로 가장 우선적으로 지켜야 할 가치입니다. 어쩌면 우리는 삶에서 가장 중요한 가치인 '나'를 잊고 있는 것은 아닐지요. 어떤 역할이나 관계 속의 자기에서 벗어나 '온전한 나'로서 있을 수 있는 작은 시간을 마련해봅니다. 내 마음이 스트레스에 무너지지 않도록 자신만을 위한 시간을 만들어보면 어떨까요. 쉴 틈이 있어야 삶의 에너지가 숨을 쉴 수 있습니다. 무엇인가를 계속 채워 넣으려고 한다면 심리적 소진이 일어나 자칫 번아웃^{burnout} 상태에 빠질 수 있습니다. 일단 내가 있어야 모든 것이 가능해집니다.

타인에게 쓸 시간은 없다

자신을 위한 시간이 부족하다고 느낀다면 하루 중 일정한 시간을 내어 타임아웃^{time out} 선언을 해보세요. 어떤 사회적 의무감이나 역할에서 벗어나 자신에게만 온전히 열려 있는 특별한 시간을 만들어보는 것이지요. 단 얼마간이라도 좋으니 자신에게 지금 필요한 것이 무엇인지 생각해보고 몸과 마음을 돌보는 작은 정성을 기울여보세요. 다만, 자기돌봄을 위해서는 심리적으로 쉴 수 있는 시간을 허용해주어야 해요. 즉, 자신을 돕고자 하는 일정한 자기 의지가 필요한 것이지요. 자신을 돌보는 시간을 내기가 어렵다는 이유는 머릿속에서 지우세요. 타인을 배려하는 마음의 일부라도 자신을 위해 배려해보세요. 주변의 의미 있는 사람을 대할 때의 자신의 모습을 떠올려보세요. 그 사람의 관심사나 욕구, 좋아하는 음식이나 장소, 몸과 마음의 컨디션을 고려하여 사소한 부분도 신경을 씁니다. 누군가를 위해서는 마음을 쓰지만 정작 자신에게는 어떠한지요.

자신이야말로 가장 귀한 배려를 받아야 할 일차 대상입니다. 자기와의 관계에서 친절하고 사려 깊을 때 내 안의 평화도 삶의 균형도 유지됩니다. 인생에는 이런저런 일을 해내는 것보다 훨씬 더 소중하게 지켜주어야 할 순간들이 있어요. 그게 바로 '나'와의 시간입니다. 타임아웃을 마치 자신을 감싼 삶의 갑옷을 의도적으로 느슨하게 푸는 시간이라고 여겨보세요.

하루 10분 자기돌봄 연습

자기돌봄의 타임아웃은 하루 10분만 있으면 할 수 있습니다. 최소한의 시간이라도 힐링의 공간을 만드는 것이 더욱 중요하니까요. 타임아웃 동안 해보면 좋을 나만의 버킷리스트를 미리 계획해두어도 좋습니다. 오히려 무엇을 하면 좋을지 고민하지 않을 수 있고, 자신에게 필요한 것이 무엇인지를 살필 수 있는 또 다른 치유의 시간이 될 수 있습니다. 마음 산책을 떠날 준비를 미리 해보면 어떨까요. 일상의 균형을 유지하기 위한 자기돌봄의 시간을 기꺼이 마련해보세요. 자신에게 사랑을 더해가는 시간이 늘수록 마음은 더욱 온화해지고 자신에 대한 다정한 자각이 높아질 것입니다.

자기돌봄의 시간 동안은 모든 것을 내려놓고 마인드풀한 시간을 즐겨보세요. 마인드풀한 상태란 자신에게 온전히 열려 있는 마음의 상태를 말합니다. 그 순간만은 나에게 주의를 기울이며 몸과 마음을 구속하는 모든 것으로부터 자유로워지세요.

타임아웃은 언제든지 선언할 수 있습니다. 길을 걷거나 차를 마시는 동안에도 '그래, 지금이야'라고 말하고 현재의 순간을 느껴보세요. 또는 버킷리스트 안에서 알맞은 선택을 한 후 바로 힐링의 시간으로 가보세요. 저는 하루에 10분씩 여러 번 타임아웃을 시작합니다. 그 시간 동안 긴장을 이완하며 명상을 하기도 하고, 일이 많은 늦은 오후의 타임아웃 동안에는 따뜻한 차와 함께 초콜릿 상자를 열기도 해요. 때로는 늘 보는 전공서적에서 벗어나 아름다운 건축물 사진이나 천체, 좋아하는 작가의 작품을 보곤 하는데 좋은 영감을 얻기도 하고 그냥 그 순간을 좋아해요. 마치 기분 좋은 산책을 다녀온 느낌을 받습니다. 일상의 복잡함에서 빠져나와 단순하게 느껴지는 그대로를 느껴보세요.

타임아웃을 즐기려면 주변이 알 수 있도록 공개적인 메시지를 해놓아도 좋고, 방문 앞에 타임아웃을 알리는 문구를 걸어 놓거나, 사전에 주변 사람들에게 자기돌봄을 위한 시간 여행자가 되었음을 알려도 좋습니다. 일전에 어떤 프로젝트를 위해 연구팀이 꾸려졌었는데요, 팀원들이 문고리에 스마일 표식을 걸어 놓으면 모두가 잠시 동안은 그분을 방해하지 않는 배려를 하곤 했습니다. 제가 이 이야기를 우연히 동료에게 말했더니 그의 가족 모두가 타임아웃을 무척이나 잘 활용하고 있다고 합니다. 내담자들에게도 타임아웃을 권하면 이내 자신만의 타임아웃 이야기를 들려주실 때가 많은데요, 얼마간의 시간일지라도 나를 위한 공간이란 자각만으로도 마음의 여유가 생긴다고 합니다.

타임아웃 동안에 자신에게 간단한 질문을 건네어보아도 좋습니다. 가령, "지금 무엇이 필요해?"라고 물어보면서 내면의 소리에 귀를 기울여보거나 몸의 감각을 그대로 느껴봅니다. 때로는 몸의 감각을 자각하다 보면 그 안에 깃든 감정이나 욕구를 느끼게 되기도 하니까요. 타임아웃은 하루에 한 번으로도 충분하니 자신을 위한 일상의 마음 산책을 지금 떠나보세요.

자기 치유 타임아웃

타임아웃 동안 해보면 좋을 간단한 목록을 안내드립니다. 이외에도 자신을 돌보기 위한 치유의 버킷리스트를 만들어보세요.

○ 다른 사람을 대하듯 자신을 친절하게 대해주세요. 그동안 미뤄왔던 자신을 위한 좋은 일을 한 가지 실천해봅니다.

○ 하루 중 단 몇 분간이라도, 산책하거나 자신이 가장 좋아하는 식사를 준비하는 것과 같은 일들을 하면서 자신에게 헌신하는 시간을 내어보세요.

○ 만일 괜찮다면 반나절 동안 일을 쉬어보면 어떨까요? 공원, 바다, 호수, 산, 박물관과 같은 공간을 다녀와보세요.

○ 쇼핑, 집안일, 병원 예약 등 자신의 삶을 위해 시간을 내보세요.

○ 그 외 :

_____

_____

현재를 알아차리는 연습

우리의 마음이 과거나 미래의 일에 사로잡히지 않고 현재의 순간에 머물 수 있다면 지금보다 괴로움이 줄어들 것입니다. 우리의 의식은 스스로 알아차리지 않으면 끊임없이 연속적으로 흘러가며 부산스럽게 작동됩니다. 때로는 쓸모없는 잡념 속에 빠져 길을 잃은 채 한참을 보내고 나서야 비로소 알게 되지요.

심리치료를 통해 도움을 받으려는 이유에는 과거의 일이나 미래의 걱정에서 벗어나지 못하는 마음의 고통을 해결하고자 하는 경우가 많습니다. 지난 일에 대한 후회와 자책에서 벗어나지 못하거나 미래의 일에 대한 걱정과 두려움에 시달리는 것이지요. 내 마음이 정신적 사건에 시달리다 보니 가만히 앉아 있어도, 걷거나 대화를 할 때에도 의식은 현재에서 벗어나 다른 곳을 향해갑니다.

하루 중 우리의 의식이 현재에 머물러 있는 시간은 얼마나 될까요? 나는 지금 이 순간에 머릿속 번잡한 고민들로 인해 마음은 다른 곳에 가 있지는 않은지요.

현재의 순간에 대한 자각이 높아지면, 현존하는 시간과의 접촉이 커지면서 주의의 중심에 자신이 있음을 느끼게 됩니다. '지금-여기'에서의 의식이 커지면 마음의 부산함이 줄고 일어나는 일에 마음을 온전히 두게 됩니다. 그 결과 현재를 균형 있게 잘 느낄 뿐만 아니라 의미 있게 여겨지는 순간을 보다 충분하게 경험할 수 있지요. 이를 위해서는 현재에 대한 알아차림 awareness이 필요합니다. 현재를 알아차릴수록 주변과의 연결이 명확해지면서 의미도, 활력도, 새로움도 커집니다.

알아차림을 높이기 위해서 해야 할 일

'알아차림'에는 순수한 주의 관찰bare attention이 필요합니다. 자신의 경험에 호기심을 갖고 다정한 관심을 기울여야 합니다. 알아차림은 현재의 순간에 자발적이며 반복적으로 주의를 기울임으로써 길러집니다. 이는 매우 섬세한 일인데요, 일상생활에서 우리의 주의는 종종 모호하거나 방향성이 없거나, 이리저리 흩어져 있는 경우가 많습니다. 어느 정도는 현재의 순간에 주의를 두고 있지만 얕은 자각의 상태로 인해 무엇을 하고 있는지, 무엇이 일어나고 있는지 잘 인식하지 못한 채 보내는 일이 많기 때문이지요.

현재를 중심으로 의식이 깨어 있기 위해서는 지금의 순간에 주의를 기울이되 무심한 상태가 아닌 열린 자세로 보아야 합니다. 마치 우리가 아름다운 산이나 나무, 꽃이나 잎을 바라보듯이 말입니다. 주의가 명료해지면서 자신을 둘러싼 모든 순간이 분명해집니다. 명료한 각성은 몰입감을 높여주지요. 이 연습 자체는 무척 단순하지만, 우리의 의식은 단순하지 않기에 '지금 여기를 느껴보겠어' '지금 이 순간은 나에게 있어'라는 마음이 필요합니다. 그렇게 하다 보면 현재를 자신의 의식 안으로 데리고 올 수 있고, 원할 때마다 현재를 느낄 수 있습니다.

멈추고, 관찰하고, 전환하라

알아차림의 연습에는 멈춤과 관찰, 전환하기가 필요합니다. 먼저 주의의 초점을 맞출 대상을 찾아봅니다. 마음은 평상시에는 여러 자극 속에 무질서한 상태에 놓여 있습니다. 우리의 생각은 논리적인 인과관계에 따라 순차적으로 잘 배열되는 것이 아니라, 감정에 영향을 받아 배회하기도 하고 두서없이 일어나는 생각의 산만함으로 인해 쉽게 흩어집니다. 이럴 때는 우선 잠깐 멈춰서(멈춤), 내 마음을 바라보고(관찰), 흩어진 주의를 현재로 되돌려 집중합니다(전환). 단순하게 이러한 과정을 반복적으로 연습하는 것으로도 현재에 온전히 머물 수 있습니다.

현재를 알아차리는 이러한 방식이 생동감 있는 삶을 보장하는 것도 아니고, 이런 식으로 살아야 하는 규칙이 있는 것은 더더욱 아닙니다. 그러나 우리 자신에게 매일의 리듬과 에너지를 주고, 지금 하고 있는 일의 집중도 높아집니다. 그 결과 새로운 일상이 열리는 것이지요. 현재present의 다른 의미가 선물present이란 뜻을 지니고 있듯이 어쩌면 이 작은 변화가 우리가 기다리는 더 큰 기적을 만들어낼 수도 있어요. 지금 여기, 현재를 알아차려보세요.

알아차림 공간에 머물기

눈을 감고 곧고 반듯한 자세를 취하며 의식을 현재의 순간으로 데려옵니다. 그리고 현재의 순간을 가만히 느껴봅니다.

'지금 이 순간, 무엇을 경험하고 있나요?'

잠시 후에 부드럽게 모든 주의를 호흡으로 돌려서 각 호흡의 들숨과 날숨을 따라가면서 숨의 느낌과 감각을 알아차려 봅니다. 호흡은 자신을 현재로 돌아오게 하는 닻과 같은 역할을 합니다.

들숨의 느낌과 감각을 알아차리고
날숨의 느낌과 감각을 알아차립니다.

호흡이 짧게 느껴지거나, 길게 느껴지거나
얕게 느껴지거나, 깊게 느껴지거나
차갑거나, 따뜻하거나, 급하거나, 느리거나
느껴지는 그대로의 경험에 주의를 기울이며 그것이
무엇이든 단지 알아차려봅니다.

무미건조한 하루에서 벗어나는 법

최근 많은 사람들이 심리적으로 편안해지는 삶에 대한 관심이 커지고 있습니다. 저마다 '어떻게 하면 내가 행복할 수 있을까' '어떻게 하면 만족하는 삶을 살 수 있을까'의 고민도 깊어지고 있지요. 행복이란 지극히 주관적인 감정인지라 어느 날은 행복한 듯하다가도 또 다른 어느 날은 불행하게 느껴집니다. 그러다 보니 '내가 행복한가'라는 생각에 빠져 깊은 고민을 하게 되지요. 본디 마음의 현상이란 실체가 없는 것인지라 무엇인가 분명하고 또렷한 것을 원하는 욕구가 클수록 행복에 대한 갈망도 커집니다. 그러다 보니 행복에 대한 욕구는 늘 채워지지 않는 결핍과 마음의 허기로 남게 됩니다. 행복은 어디에 있는 걸까요?

  우리는 매일 행복을 느낄 기회가 있는데도 그것을 알아보지 못한 채 바쁘게 지냅니다. 언제부터인지 몰라도, 보고 느끼는 것에 둔감해져서 곁에 있는 행복을 지나치기 일쑤이지요. 어느 날 행복에 관한 강연을 마치고 돌아가는데 청자 중 한 분이 다가오셔서 "선생님은 행복하신가요?"라고 물어왔습니다. 이내 그분에게 "네, 행복하다고 느껴요"라고 말씀드렸습니다. 그날 그리 쉽게 대답해드릴 수 있었던 이유는 소중하게 여기는 순간들이 주는 힘을 느끼기 때문입니다. 사실, 그날의 질문은 오래전 다른 누군가로부터 받은 질문입니다. 당시는 자신 있게 대답하지 못했습니다. 집으로 돌아오는 길에 여러 번 '과연 내가 행복한가?'에 대한 의심이 들었고, 한동안은 풀어야 할 과제라고 여겼지요. 그러던 어느 오후, 창을 통해 가득히 들어오는 햇살이 발아래에 머무는데, '행복은 늘 곁에 있는데 이를 알아차리지 못했구나'라는 생각이 홀연히 일었습니다. 단순하지만 명확한 진실임에도 마음으로 느끼지 못하다 보니 행복이 가까이 있는 줄도 모른 채 지내고 있었던 것이죠. 그날 이후부터 매일 제 곁에 있는 행복을 발견해가는 즐거움이 생겼습니다. 햇살도, 바람도, 사랑하는 사람들의 웃음소리도, 나무와 꽃의 향기도, 시간의 여백도, 역동하는 현장의 느낌도 전과 다르게 생동감 있게 느껴지기 시작했습니다. 물론 삶에는 고통의 진동이 있겠지요. 그렇지만 사랑하고 감사하게 받아들일 것이 더욱 많다는 것을 이제는 분명히 압니다.

삶을 긍정적으로 경험한다면

행복에 관한 연구는 심리학에서 오랫동안 관심을 기울이는 흥미로운 주제입니다. 그간 행복 수준이 높은 사람에 관한 연구가 다수 이루어졌고 행복을 위한 마음의 덕목이나 성격에 관한 의미 있는 결과를 얻을 수 있었습니다. 특히 주목할 만한 결과를 보인 하버드 대학교의 조지 베일런트 팀이 이끈 행복의 조건에 관한 종단 연구에서는 따뜻한 인간관계와 사랑, 자비, 감사, 경외감, 기쁨과 같은 감정을 느끼는 것은 행복의 강력한 힘이 되는 것으로 밝혀졌습니다. 긍정심리학자들은 행복이라는 용어보다는 '주관적 안녕subjective well-being'이라는 용어로서 행복을 대신하기도 합니다. 이는 자신의 삶을 긍정적으로 느끼고 경험하는 것이 행복한 삶에 영향을 준다는 것을 의미합니다. 행복은 곧 우리의 마음에서 비롯된다는 것이지요.

행복해지는 방법이 있나요?

심리학자로서 자주 받는 질문에는 행복과 사랑, 관계에 관한 주제가 많습니다. 그중 행복과 관련해서는 '어떻게 해야 행복해질 수 있나요?'라는 물음이 가장 많은데요, 행복으로 이어지는 정해진 길이 있는 것은 아니지만, 한 가지 분명한 건 행복은 외부에서 오는 것이 아니라 스스로 창조해내야 한다는 것입니다. 실제로 다른 사람들이 보기에 부족함이 없어 보이는 사람도 삶을 무의미하게 여긴다면 허망함이 들 것이고, 의미를 두고 가치를 만들어나가는 사람에게는 어떤 것에도 마주하는 행복을 느끼게 될 테니까요.

행복은 우리 곁에 있지만 알아채지 못하고 지나치면 그저 무미건조한 하루를 보내는 것과 같이 느껴질 수 있습니다. 심리치료 중인 한 내담자는 "아이들의 웃는 소리를 들으면 이제는 절로 웃음이 나고 즐거워요"라고 말하며 미소 짓습니다. 심리치료를 시작하게 된 이유는 자녀 양육의 괴로움에서 온 우울감 때문이었는데, 이제는 현재의 삶과 더없이 친해지고 있습니다. 이전에는 기분이 나아지기를, 상황이 달라지기만을 기다렸다면 이제는 주변의 세상을 마음 안으로 초대하여 하루하루를 사랑으로 채워나가고 있습니다.

과연, 우리가 전념해야 할 것은 무엇일까요. 우리 삶의 행복은 바로 자신에게서 자라나고 커져서 나의 공간이 됩니다. 스스로 행복을 찾아 나서보세요. 모든 곳에 있는 행복을 곧 만나길 바랍니다.

나를 사랑하기 위해 내가 해야 할 일

나만의 행복 리스트 만들기

일상에서 좋은 기분을 느끼는 것은 행복감에 영향을 줍니다. 나에게 행복한 느낌을 주는 순간을 찾아보세요. 그리고 이러한 순간을 더욱 느끼려면 어떻게 하면 좋을지 생각해보세요.

∘ 나에게 행복한 순간이란, _____

여러 번 느끼려면 _____

_____

∘ 나에게 행복한 순간이란, _____

여러 번 느끼려면 _____

○ 나에게 행복한 순간이란, _____

여러 번 느끼려면 _____

_____

○ 나에게 행복한 순간이란, _____

여러 번 느끼려면 _____

_____

내 마음의 균형 찾기

마음 밖에서 일어나는 일에 관심을 두는 만큼 자신의 내면에서 어떤 일이 일어나고 있는지 관심을 기울여야 합니다. 우리는 흔히 외적 단서에는 민감하면서도 마음 안에서 일어나는 변화에는 무심하거나 아예 신경을 꺼버리곤 합니다.

마음을 헤아린다는 것은 어떤 것일까요. 내 마음을 알아주는 일은 다른 누군가를 향한 공감과 다를 바가 없습니다. 그러니 마음이 지친 날에는 위로를, 수고가 많은 날에는 격려를, 불안한 마음이 커질 때는 용기를 북돋우며 할 수 있는 모든 지지를 보내보세요.

우리의 마음은 다양한 이유로 수시로 동요됩니다. 스스로가 자신을 잘 돌보아야 마음의 평온을 유지할 수 있습니다. 특히 두려움이나 불안과 같은 마음의 동요와 긴장이 가득한 날에는 내가 품은 감정들로 인해 기진맥진해지기 쉽고, 포기한 채 멈춰 서버리고 싶지요. 내 앞에 있는 것에 다시 집중하기 위해서는 내 마음을 먼저 보살펴보아야 합니다. 자신에게 치유의 힘이 있음을 믿고 그날의 기분과 상태에 따라 에너지와 생명력을 불어넣어 주세요. 내 마음을 가장 잘 아는 사람은 오로지 자신뿐입니다.

기꺼이 마음을 살피기로 했다

마음을 살피는 일이 익숙하지 않다면, 이를 불편하고 어색하게 느끼거나 소용없다고 생각하며 피하고 싶어 합니다. 본디 마음과 서로 친해지기까지는 시간이 필요합니다. 흔히 다른 누군가와 친해지기까지 얼마간의 시간이 필요한 것처럼 말입니다. 내 마음에 다가가는 일은 마치 어린 왕자와 여우의 관계와도 같습니다. 처음에는 관심을 기울이며 바라보다가, 조금씩 다가가 서로에게 말을 건네었듯이 서두르거나 포기하지 않는다면 어느 새인가 자신과 더 가까워져 있을 것입니다. 그러니 자신을 향한 선한 의지를 멈추거나 뒤로 물러나지 마세요. 처음에는 자신의 마음을 가만히 느껴보는 정도로 시작해보아도 좋습니다. 비난하지 말고, 다정한 자각을 유지하며 마음 안에서 일어나는 일을 기꺼이 허락해보세요. 허락allowing은 자신에 대한 수용이자 치유입니다.

자기와의 시간을 갖는 동안 애정 어린 말을 건네어봅니다. 이때는 어떤 말이든 좋습니다. "오늘, 참 많이 힘들었지?" "정말 수고했어" "실수할 수 있어. 괜찮아"와 같은 위안이어도 좋고, 하루 동안의 자신의 모습을 가만히 떠올리며 보내는 다정한 미소여도 좋습니다. 우리는 매일 크고 작은 일을 하며 자신에게 힘을 주기도 하고 힘을 빼앗기도 합니다. 어떤 선택을 해야 하는지 우리는 알지요. 그러나 그 선택을 실천할 수 있는 사람은 자신이란 걸 잊지 마세요. 여러분은 지금 자신에게 어떤 말을 건네어보고 싶으세요? 호흡을 고르고, 용기를 내어 기꺼이 말을 걸어보세요.

내 마음과 친해지기

○ 요즘 내 마음은 어떠한가요.

○ 그 마음을 그림으로 표현해보세요.

○ 그 마음을 색으로 표현해보세요.

_____

○ 그 마음의 강도를 표현해보세요.

_____ (1-10)

○ 그 마음의 특성을 표현해보세요(예. 둥근, 차가운, 날카로운, 네모난).

_____

○ 그 마음과 관련된 생각을 표현해보세요.

_____

○ 그 마음을 향한 응원과 격려, 지지를 표현해보세요.

_____

_____

_____

_____

당신은 결코 부족하지도 틀리지도 않다

우리에게는 더 나은 변화를 꿈꾸는 내면의 동기가 있습니다. 늘 자신의 모습을 돌아보며 정신적이든 신체적이든 더 나은 자신이 되고자 합니다. 비록 누군가는 일시에 그치기도 하지만, 다른 누군가는 '결핍 동기deficiency motivation'가 자극될 때마다 이를 충족하기 위해 끊임없이 전념합니다. 결핍 동기란 자신의 부족함에서 벗어나고자 하는 내적 욕구를 말합니다. 어느 순간 결핍 동기가 자극되면 한동안 자기 계발을 위한 시간에 몰두하며 강연이나 책, 운동이나 명상, 여러 학습 활동 등에 참여합니다. 자신이 원하는 욕구를 충족하기 위한 보상적인 행동이 일어나는 것이지요. 성장 지향적 과정에 만족과 충분함을 느낀다면, 시도할 때마다 보람이나 만족이 크겠지요. 그런데 특정한 성과에만 목적을 두거나, 수행의 결과를 두고 자신의 가치를 판단하거나 평가절하 한다면 오히려 좌절과 상처가 되는 악순환이 반복될 수 있습니다. 경험을 의미 있게 만들 수 있어야 의도한 바를 잘 거둘 수 있는데, 자신에게 부족한 부분만을 찾아나선다면 몸과 마음이 건강하게 성장하지 못하고, 위대한 잠재력을 끌어낼 기회도 잃게 될 것입니다.

건강한 욕구 VS 건강하지 않는 욕구

우리의 욕구에는 건강한 욕구와 건강하지 못한 욕구가 있습니다. 욕구는 무엇인가를 하려는 의지의 동력이 됩니다. 건강한 욕구로는 돌봄, 배려, 자비, 끈기, 성실성의 욕구 등이 있고, 건강하지 못한 욕구에는 집착, 탐닉, 과시, 불만족과 비난 등이 있습니다. 건강한 욕구를 지향하게 되면 행복과 만족감을 느끼겠지만, 건강하지 않은 욕구를 지양하지 못한다면 괴로움이 커질 것입니다. 따라서 자신의 욕구 방향을 잘 살필 수 있어야 합니다.

건강한 욕구	돌봄, 배려, 자비, 끈기, 성실성 ▶ 행복
건강하지 못한 욕구	집착, 탐닉, 과시, 불만족, 비난 ▶ 괴로움

삶을 향한 자신의 노력에 만족을 느끼고 경험을 통해 배우며, 자신에게 주어진 조건 안에서 감사함을 느낀다면 정신적인 자유와 성장을 누릴 수 있습니다. 그러나 결핍 욕구가 지나치면 무엇이든 만족하지 못하는 갈망 속에 갇히게 되는 역기능이 발생합니다. 자칫 과도한 인정에 몰두하고 매력적인 외모나 신체에 집착하거나, 성공에 대한 야망에 빠져 자신의 가치를 잃어버리는 일이 생깁니다. 그렇기에 자기와 욕구 간의 균형이 필요하고, 괴로움이 되는 욕구와 건강한 에너지가 되는 욕구를 자각할 수 있어야 합니다. 이러한 경계가 약해지면 '나는 왜 이렇게 부족한 게 많을까?' '어떻게 해야 지금의 모습에서 벗어날 수 있을까?'를 고민하며 지내게 되지요. 이러한 결핍 욕구가 과잉된 상태는 오히려 자기 성장을 저해하는 결과를 초래합니다.

과잉 욕구의 상태

특정한 욕구의 결핍에 과도하게 집착하면 자기 가치나 존재를 순수하게 받아들이지 못하고 '조건화된 자기conditioned self' 상태에 빠지게 됩니다. 즉 자신이 정해놓은 특정한 조건으로 자기 가치를 평가하게 되는 것이지요. 자신을 있는 그대로 존중하고 수용할 수 있어야 건강한 자기 성장을 이룰 수 있습니다. 그러니 자신의 가치를 무엇에게도 빼앗기지 말고, 자신도 빼앗지 말아주세요. 자기 수용적 태도는 결핍 동기를 조절해주는 중요한 치료적 기제입니다. 실제로 내담자와의 치료에서 자신에 대한 수용이 커질 때 자신감도 회복되고 자존감도 높아짐을 알 수 있습니다. 그러니 자신을 못마땅해하거나 늘 부족한 사람으로 여기지 마세요. 자신을 있는 그대로 받아들여주세요. 당신은 결코 부족하지도, 틀리지도 않습니다.

나를 사랑하기 위해 내가 해야 할 일

온전히 수용하기

자신을 수용하고 존중하는 선택을 한다면 나의 내면은 보다 자신감과 확신으로 충분해질 거예요. 나아가 다른 사람이나 상황에 대한 수용의 힘을 키워보세요. 다음의 목록을 보고 '온전한 수용'을 위한 선언을 기록해보고 일상에서 실천해봅니다.

○ **자신을 향한 수용**

앞으로는 나의 _____ 모습을 있는 그대로 수용하겠습니다.

앞으로는 나의 _____ 모습을 있는 그대로 수용하겠습니다.

앞으로는 나의 _____ 모습을 있는 그대로 수용하겠습니다.

앞으로는 나의 _____ 모습을 있는 그대로 수용하겠습니다.

○ **타인을 향한 수용**

앞으로는 타인의 _____ 모습을 있는 그대로 수용하겠습니다.

앞으로는 타인의 _____ 모습을 있는 그대로 수용하겠습니다.

앞으로는 타인의 _____ 모습을 있는 그대로 수용하겠습니다.

앞으로는 타인의 _____ 모습을 있는 그대로 수용하겠습니다.

○ **상황에 대한 수용**

앞으로는 _____ 상황을 있는 그대로 수용하겠습니다.

앞으로는 _____ 상황을 있는 그대로 수용
하겠습니다.

앞으로는 _____ 상황을 있는 그대로 수용
하겠습니다.

앞으로는 _____ 상황을 있는 그대로 수용
하겠습니다.

감정은 파도와 같아

우리는 살아가면서 누군가가 던진 한마디에 상처를 받거나, 아무 말도 못하고 참아야만 하는 일을 겪습니다. 겉으로는 용감하게 사는 것처럼 보이지만 내적으로는 커다란 용기가 필요한 일들 말이지요.

괴롭거나 불쾌한 경험을 한 후에는 강렬한 감정에 빠지기 쉬워, 상황을 객관적으로 보거나 사려 깊은 대처를 하기 어렵습니다. 특히 감정에 자주 압도될 때는 특정한 감정에 대해 과도한 통제와 방어를 하게 됩니다. 그러나 이러한 대처 방식은 오히려 그 감정에 대한 두려움만 키울 뿐입니다. 따라서 어떤 감정에 자주 사로잡힌다면 감정을 대하는 태도를 달리해볼 필요가 있습니다.

강렬한 감정을 다루기 위해서는 맨 처음 일어나는 일차 감정 primary emotions에 초점을 두고, 그 감정을 허용하며 일상에서 느낄 수 있는 정도의 수준으로 바꿔나가 봅니다. 또한 감정에 대한 자신의 그릇된 신념도 생각해봅니다. 감정에 대한 오해와 편견은 감정을 다루는 데 방해 요인이 됩니다. 나아가 일상에서 기분 좋은 감정을 느낄 수 있는 여러 활동을 늘려보세요. 원치 않는 감정을 통제하는 것보다, 긍정적인 기분을 자주 느끼는 것이 정신건강에 더 큰 도움이 됩니다.

감정을 대하는 태도를 바꾼다면

'일차 감정'은 자극에 대해 즉각적으로 일어나는 감정을 말합니다. 일차 감정에 대한 반응 태도는 '이차 감정 secondary emotion'에 영향을 줍니다. 일차 감정이 이차 감정으로까지 확대되는 이유는 감정을 판단하는 마음 때문입니다. 가령, '두려워서 화가 나' '불안이 수치스러워' '우울해서 견딜 수가 없어'와 같은 반응 태도는 하나의 감정에 다른 감정이 더해지면서 생기는 이차 감정에 해당이 됩니다. 어떤 감정에 새로운 감정이 켜켜이 쌓이게 되면 감정의 강도가 커지면서 자기 조절이 어려워집니다. 일차 감정에 대한 반응 태도가 변하지 않는다면 감정의 연쇄로 인해 상황이 더 악화될 수 있습니다.

자극에 대한 즉각적인 반응	▶	일차 감정
일차 감정을 판단하는 마음	▶	이차 감정

　감정 조절에 어려움이 생기면, 이전과는 달리 감정이 자연스럽게 흘러갈 수 있도록 허용해보세요. 감정은 파도와 같습니다. 감정에 대한 통제는 파도에 거센 바람을 일으키는 것과 같지요. 원치 않는 감정이라고 여기며 회피하거나 억압하며 끊임없이 반응하기보다는 일어나는 감정을 차분하게 바라보며 간섭 없이 머물러보는 자세가 필요합니다. 지금 느끼는 감정의 강도는 어떠한지, 얼마나 지속되는지, 감정이 어떻게 느껴지는지 관찰해보세요. 인내심을 갖고 지켜보다 보면 자연스럽게 파도가 잦아들면서 이내 고요한 마음 상태가 될 것입니다. 이러한 경험은 감정에 대한 그릇된 신념을 변화시킵니다. 그 결과 감정에 대한 부정적인 생각도 잘못된 오해도 바로잡을 수 있게 되지요. 흔히 감정을 들여다보면 더욱 강해지는 것은 아닐지 염려하거나 특정 감정은 부정적인 것이기에 느껴서는 안 된다고 여기기도 하지요. 감정에는 긍정적인 감정도 부정적인 감정도 없습니다. 모두가 감정일 뿐입니다.

감정에 상처 입지 않게

감정을 마주하는 동안은 깨어 있는 마음으로 차별 없이 감정을 허용합니다. 가만히 감정을 바라보면, 그 순간 자신과 감정 사이에 심리적 공간이 생깁니다. 이러한 마음 공간이 생기면 감정과 나 자신이 분리될 뿐 아니라 객관적으로 마음을 바라볼 수 있게 됩니다. 또한 감정이 진정되는 과정을 지켜보는 동안 자기돌봄과 수용이 커지면서, 앞으로 감정을 잘 다룰 수 있을 것이라는 믿음이 생기지요.

이제 우리가 해야 할 일은 온화한 자각으로 머물며 감정이 흘러가도록 내버려두는 것입니다. 마치 따듯한 햇살이 비춰질 때 먹구름이 사라지듯이 말입니다. 앞으로는 감정을 허용해주세요. 감정을 전보다 편안하게 느끼게 될 것입니다. 물론 어느 때이든 또다시 감정의 파도가 몰아칠 수 있습니다. 때론 강한 파도를 만날 때도 있겠지만 이내 힘겨운 감정에 상처입지 않도록 자신을 도울 수 있을 것입니다.

감정에 머물기

○ **연습 1**

잠시 동안 자신의 마음 안에서 감정이 어떻게 일어나는지 관찰해봅니다. 분노, 슬픔, 두려움, 수치심, 외로움 등과 같은 여러 감정을 알아차려 봅니다.

자신의 마음 안에서 감정이 일어나고 사라지는 것을 바라봅니다. 지금의 감정이 무엇이든 저항 없이 머물러보세요.

감정을 알아차리는 동안 몸의 감각이 세부적으로 느껴질 수도 있습니다. 감정과 함께하는 신체 감각을 있는 그대로 알아차려 봅니다.

_____

_____

_____

○ **연습 2**

감정을 알아차리는 동안 얼굴에 긴장을 풀고 입술을 약간 위로 올리며 부드럽게 미소를 지어봅니다. 미소가 주는 편안한 느낌이 몸 전체로 퍼져나간다고 상상해봅니다. 마치 몸 전체가 미소 짓고 있다고 느껴봅니다.

자신이 미소 짓고 있는 모습을 떠올려보고, 차분함 속에서 은은한 미소의 에너지가 신체를 통해 주변 공간 전체로 퍼져나간다고 상상해보세요.

_____

_____

_____

하루 10분, 몸의 감각 알아차리기

우리의 신체는 마음을 반영하는 거울과도 같습니다. 신체와 감정은 서로에게 반응하면서 끊임없이 영향을 줍니다. 몸에서 느껴지는 긴장이나 통증, 그 밖의 여러 감각은 단순한 생물학적 반응 이상의 의미를 지닙니다. 이는 강한 감정이 존재하고 있다는 신호가 될 수 있습니다. 우리의 감정은 오래도록 돌보지 않을 때 신체를 통해 발현됩니다. 따라서 신체 감각이나 반응을 살펴보면 감정을 이해하는 데 도움이 됩니다. 다만, 몸에 깃든 감정은 쉽게 인식되지 않을 수 있습니다. 평소 감정을 억제하면서 지냈다면 더욱 그럴 것이고요. 실제로 심리치료에서 신체 컨디션을 다루는 경우가 많습니다. 성격적으로 주로 감정을 참아내며 견디거나 감정을 외면하면서 회피해온 방식이 익숙해진 경우에는, 내면의 감정보다는 드러나는 신체 반응에만 신경을 쓰기에 자신의 미해결된 숨은 감정을 발견하기 어려울 수 있습니다.

몸의 감각을 일깨워야 하는 이유

몸의 감각을 자각하다 보면 자연히 감정이 드러나면서 직접적으로 감정을 느낄 수 있게 됩니다. 가끔은 몸의 감각과 연결된 지난 기억이 떠오르기도 하지요. 따뜻하고 편안했던 순간이나 두려움이나 불안했던 순간의 기억들이 생각나면서 신체 반응이 일어나고, 이를 통해 오래된 몸과 감정 간의 관계를 바로 볼 수 있게 됩니다. 몸을 이해하는 것은 마음을 이해하는 것과 같습니다. 감정적인 순간에는 몸의 어느 부위에서 반응이 느껴지는지 관찰해봅니다. 해당하는 부위에 주의를 기울이면서 느낌이나 감각을 살펴봅니다. 몸에 대한 알아차림은 시간을 내어 꾸준하게 살피는 것이 좋습니다. 연습을 시작하게 되면 눈을 감고 몸의 느낌을 가만히 느껴보세요. 몸의 긴장감이나 느슨함, 묵직함이나 가벼움, 따뜻함이나 차가움과 같은 여러 감각의 성질을 알아차려 봅니다. 몸의 감각을 알아차리는 동안 떠오르는 심상이나 기억, 생각, 감정을 살펴보면서 자애와 연민으로 현재의 경험을 느껴봅니다. 이때 안정감이나 편안함을 주는 단어나 문장을 읊조리며 반복해주어도 좋습니다. 점차 차분한 느낌이 들면서 자신이야말로 가장 안전한 안식처임을 알게 될 것입니다.

몸과 마음의 자각법, 바디스캔

몸의 감각을 알아차리는 훈련으로는 '바디스캔^{Body Scan}'이 있습니다. 신체 각 부분에 대한 세세한 알아차림을 통해 자기의 경험을 이해하고, 판단하지 않은 태도를 통해 심리적 수용을 증진하는 마음챙김^{Mindfulness} 훈련법입니다. 바디스캔 훈련은 일정한 시간 동안 신체의 각 부분에 주의를 집중하며 몸의 느낌과 감각을 자각하는 것으로 시작합니다. 몸에 대한 관찰은 내면의 깊은 감정과의 조우이기도 합니다. 일상을 지켜나가기 위해 여러 일을 치르며 견뎌내는 동안 몸과 마음은 지쳐가지만 우리는 그 힘겨움을 잘 모른 채 지나칩니다. 일전에 클리닉에서 바디스캔을 배운 한 내담자는 스트레스를 느낄 때마다 몸을 이완하고 감정을 알아차리며 마음을 잘 관리하고 있습니다. 처음 클리닉에 방문했을 때는 수시로 찾아오는 신체 통증으로 인해 무척이나 고통스러워했습니다.

"늘 일이 많고 피곤하다 보니 나타나는 증상이라고 여기며 대수롭지 않게 생각했어요."

일도 힘이 드는데 몸까지 아프니 증상이 느껴질 때마다 화가 나고 짜증스러웠다고 합니다. 평소 감정을 억압하는 편인데, 다른 사람들도 직장 생활하면 그러려니 하며 견뎌왔다고 합니다. 그는 여전히 많은 일에 묻혀 살고 있지만, 이제는 몸의 신호를 감정의 소리로 이해하며 자신을 각별하게 돌보고 있습니다.

신체를 자각하게 되면 감정을 잘 다룰 수 있습니다. 슬픔이나 불안, 두려움이나 무기력과 같은 강한 감정은 신체에 영향을 줄 수 있습니다. 몸이 어떠한지를 느끼는 것은 오래된 감정의 습관을 이해하는 데 도움이 되는데요, 하루에 한 번, 바디스캔을 통해 새로운 관점으로 감정에 다가가보세요. 그런 다음에 어떠한 일이 일어나는지 호기심을 갖고 살펴보세요.

바디스캔 마음챙김

바닥에 등을 대고 편안하게 눕거나 자리에 앉아 편한 자세를 취합니다. 부드럽게 눈을 감고 시작합니다.

잠시 호흡의 움직임과 신체 감각을 느껴보는 시간을 갖습니다. 준비가 되면 몸에서 느껴지는 감각을 부위마다 느껴보도록 합니다.

먼저 주의를 오른쪽 발에 두고 발바닥, 발등, 발목의 감각을 알아차리고, 종아리, 무릎, 허벅지 등으로 차례로 옮기도록 합니다. 반대편 다리도 같은 방식으로 관찰해봅니다. 각각의 신체 부위에 주의를 두면서 그 순간 느껴지는 느낌이나 감각을 자연스럽게 알아차려 봅니다.

만일 특정 신체 부위에 긴장감이나 압박감, 또 다른 감각을 자각하게 되면 부드럽게 숨을 들이쉬고 내쉬면서 그것들을 내려놓습니다.

몸에 대한 호기심으로 주의를 나머지 다른 부위에도 옮겨보면서 몸 전체로 확장해나갑니다. 이때 특정한 감각을 찾고자 애쓰지 않으며 느껴지는 그대로를 알아차리도록 합니다.

바디스캔을 하는 동안 일어나는 생각과 감정을 알아차려 봅니다. 몸에 대한 자각을 유지하는 동안 사려 깊은 관찰로 몸을 느껴봅니다. 바디스캔을 마친 후에는 얼굴부터 발끝까지 몸을 전체로 자각하며 편안히 이완합니다.

"그래"라고 말하기

인생의 사건에 대한 해석적 의미는 삶을 불행하게도 만들고 행복하게도 합니다. 만일 자신의 성격 안에 지금보다 긍정성이 더 커진다면 어떨지 상상해보세요. 가족이나 연인, 친구나 동료, 다른 관계에서 느끼는 감정에는 어떠한 변화가 일어날까요. 아마 더 큰 사랑을 품고, 더욱 의미 있게, 더 큰 친절함을 느끼며 살아가게 되지 않을까요. 여러분의 마음에 자신이나 주변 관계에 대해 품은 소망이 있다면 무엇인가요. 그 소망을 이루기 위해서는 무엇을 해야 할까요. 내가 생각하는 틀을 버리고 모든 사람을 진솔하게 대하며 친절을 베풀어보세요. 늘 관계 속에서 불평불만을 한다면 매사 만족할 수 없게 됩니다. 특히 사랑하는 사람과의 관계를 돌아봅니다. 지난 몇 달 동안 내가 한 거절이나 비수용, 원망이나 비난의 말에는 어떠한 내용이 있었나요. 그 사람의 모습을 떠올리며, 그의 입장에 서서 감정을 느껴봅니다. 우리에게 다가오는 모든 순간에 이제는 '아니오'라는 메시지보다는 '그래'라고 말하며 마음을 열어두면 조금 전 상상에서 느끼길 바랐던 모든 일이 눈앞에서 펼쳐질 수 있습니다. 자신의 인생에, 주변 사람들에게 온기를 불어넣어 보세요.

나의 반응 패턴 이해하기

모든 상황마다 다 잘해 낼 수는 없으니 매순간마다 더 나은 선택을 하기 위해 노력해봅니다. 이를 위해서 특정한 상황이나 어떤 관계에서 유난히 자주 드러나는 자신의 감정적 취약성을 살펴볼 필요가 있습니다. 자신만의 반응 경향성을 검토하며 무슨 일에서 불편하고 예민해지는지 관찰 일기에 기록해보세요. 특정한 반응 패턴을 이해하면, 어느 시점에 달리 행동하는 게 좋을지를 선택할 수 있습니다. 좋은 에너지를 만들고 살아야만 현재도 미래도 그 영향으로 달라질 수 있습니다. 만일 일상에서 변화가 필요한 자신의 문제행동이 있다면 상황과 행동 간의 연속적인 패턴을 구체적으로 살펴보세요. 이를 '체인 분석chain analysis'이라고 하는데요, 변증법적 행동치료에서 내담자의 행동 변화를 돕기 위해 일련의 연속적인 패턴을 파악하여 치료적 개입을 하기 위해 고안된 방법입니다. 체인 분석은 몇 가지 단계로 구성됩니다.

1단계	변화가 필요한 문제행동을 기술하기 (예 : 분노 표출 행동 등)
2단계	문제행동으로 이어지게 된 촉발 사건 기술하기 (예 : 상대방의 거절이나 약속 취소 등)
3단계	촉발 사건 이전의 다른 취약성 요인 탐색하기 (예 : 수면 문제, 다른 친구와의 다툼)
4단계	문제행동으로 이어지는 연결고리 기술하기(생각, 감정, 감각) (예 : 생각 - 나를 이해하는 사람은 아무도 없어 　　　감정 - 슬픔, 분노 　　　신체 감각 - 가슴이 답답함, 두통)
5단계	문제행동의 결과를 기술하기 (예 : 관계가 멀어지거나 심한 자책이 반복됨)

　체인분석을 통해 변화가 필요한 문제 행동과 반응 패턴의 연속적인 과정과 행동의 결과를 살펴보았다면 보다 나은 행동을 하기 위한 대처 방법을 마련해봅니다. 이때 각 단계마다 대처

방법을 세우고, 연결고리에 해당되는 생각, 감정, 신체 감각에 대해서도 어떻게 달리하면 좋을지 구체적으로 생각해봅니다. 나아가 행동의 결과에 대해서도 실제적인 복구 계획을 세워 상황이나 관계를 회복하도록 합니다.

우리는 왜 직면하기를 두려워하는 것일까

우리는 흔히 자신의 문제행동이나 성격의 일부를 있는 그대로 받아들이는 것을 어렵게 느낍니다. '직면하기'란 일어난 일이나 어떠한 측면을 기꺼이 인정하는 것입니다. 자신의 취약성을 수용하는 일은 가장 능동적인 자기 수용이지요. 그러니 직면에 대한 두려움이나 염려를 내려놓고 주체적으로 자신의 변화를 위해 노력해보세요. 자신에게 일어나는 내·외적 패턴이 도움이 되지 않는 낡은 습관임에도 내버려두면 악순환에서 벗어나기 어렵습니다. 만일 내버려두려는 마음의 저항이 계속 된다면 '직면하기'를 위한 자신만의 시그널을 만들어보세요. 저와 함께한 많은 내담자들이 다양한 나만의 신호를 만들었는데요, 어떤 분은 "그래, 지금이야"라고 말하기도 하고, 다른 분은 "인정"이라고 말하며 스스로를 격려했습니다. 마음을 열어 그동안 외면했던 나의 일부를, 어떠한 경험을 마주해보세요. 분명 지금보다 더 큰 마음의 자유로움을 느끼게 될 것입니다.

경험을 승인하기

◦ 내가 가장 두려워하는 상황은 무엇인가요?

_____

◦ 두려운 상황에 직면했을 때 일어날 수 있는 최악의 결과가 무엇이라고 생각되나요?

_____

◦ 만일 하룻밤 사이에 두려움이 모두 사라진다면 내 삶은 어떻게 달라질까요?

1. _____

2. _____

3. _____

◦ 두려움을 마주하기 위한 나만의 시그널을 만들어볼까요?

1. _____

2. _____

3. _____

마음이 괴로움에 물들지 않게

모든 살아있는 대상에게는 고통이 따를 수밖에 없는 필연적인 사실이 있습니다. 그렇기에 우리에게는 '고통 없는 삶'에 대한 근원적인 갈망이 늘 존재합니다. 고통을 피하고자 하는 마음은 인간의 기본적인 욕구입니다. 우리는 행복이나 존중, 소속감, 사랑과 같은 자기실현적 소망이 있기에 상응하는 고통을 느끼는 것이지요. 이에 소망 욕구가 실현되지 않는 것에 대한 불안을 느끼고, 기대와는 다른 일을 회피하고자 하는 마음이 듭니다. 그러다 보니 어느새 '어떠한 고통도 느끼고 싶지 않다'라는 신념이 의식에 자리한 채 삶을 지배합니다. 고통에 대한 회피를 무조건 문제 삼을 수는 없지만 지나치면 실재하는 고통을 마주하기 어렵고 결국 달아나거나 막아서기 위해 온통 신경을 쓰게 됩니다. 이는 오히려 고통에 대한 감내 능력을 떨어뜨리게 되지요. 왜냐하면 고통을 헤쳐 나가야 얻을 수 있는 다른 소중한 경험을 만날 수 없을 테니까요. 가령, 의외의 조력자를 만나는 행운도, 자신의 잠재력이 드러날 기회도, 경험을 통해 배울 수 있는 지혜도 얻지 못할 수 있습니다.

받아들이는 괴로움과 벗어나는 즐거움

고통은 삶의 일부입니다. 고통에 대한 이해는 개인마다 다르겠지만 이미 존재하는 삶의 법칙인지라 수용하는 마음과 마주할 수 있는 용기가 필요합니다. 고통이 없기를 바라며 지내기보다는 언제든 고통이 있을 수 있다는 개방적인 태도가 삶을 자유롭고 유연하게 만듭니다. 만일 고통을 끔찍하게 여겨 '나에겐 아무 일도 일어나지 않기를 바라'라는 바람으로 살아간다면, 자신의 신념이 오히려 삶의 불안과 두려움을 키우게 될 것입니다. 나아가 고통에 대한 두려운 마음은 괴로움을 만들어 또 다른 고통의 짐을 짊어지게 되는 악순환이 될 것이고요.

고통에 대한 성찰이 어떠한가에 따라 괴로움이 커지기도 하고 받아들일 수 있는 힘을 얻기도 합니다. 그런데 고통pain과 괴로움suffering은 그 성질이 다릅니다. 괴로움은 고통에 대한 거부나 저항에서 비롯되는데요, 그렇기에 마음 안의 괴로움이 과연 어디서 왔는가를 잘 살펴볼 필요가 있습니다. 고통을 받아들인다는 말이 무척이나 불편하게 느껴질 수 있습니다. 받아들이는 과정에는 괴로움이 일정 수준 존재하니까요. 다만, 받아들이는 괴로움을 맞이하게 되면 벗어나는 즐거움도 얻게 됩니다. 고통을 피하려고만 한다면 자신을 따라다니는 불안, 염려, 두려움, 혼란, 걱정 등은 더욱 커져서 마음의 괴로움도 깊어질 것입니다. 고통을 어떻게 보는가에 따라 괴로움은 달라질 수 있습니다. 고통은 삶에서 피할 수 없는 일부이지만, 괴로움은 내 마음에서 비롯됨을 잊지 마세요. 다만 고통을 마주하는 괴로움은 자유를 줄 것이고, 고통을 피하려는 마음은 더 큰 괴로움을 낳을 것입니다.

기꺼이 경험할 것

고통을 피하려는 갈망을 내려놓고 삶에서 일어나는 일을 거부하지 않을 때, 우리는 슬픔의 한 가운데에서도 자유를 얻을 수 있습니다. 삶의 슬픔을 외면하지 말고 마음을 열어 용기 내어 마주해봅니다.

고통이 없기를 바라는 괴로움의 원인이 됩니다. 삶의 문제에 의연하게 마주 서서 할 수 있는 일을 해가면서 고통과 함께 한 발짝씩 앞을 향한 걸음을 떼어보세요. 나아가 자신을 비난하거나 삶을 원망하지 마세요. 비난이나 원망은 우울과 분노의 감정을 일으키니까요. 이때는 마치 안개에 휩싸인 듯 앞이 보이지 않는 절망감을 느낄 수 있습니다. 아무리 옳다고 여기는 분노일지라도 비난이나 원망은 문제를 악화시킬 뿐입니다. 지혜로운 마음으로 자신을 돌보세요.

삶은 필연적인 상처를 만듭니다. 일, 사랑, 인간관계 등 모든 면에서 그러합니다. 상처가 덧나지 않게 하려면 잘 돌봐주어야 합니다. 그래야 마음이 괴로움에 물들지 않습니다.

현재의 삶은 '지금-여기'에 와 있습니다. 고통이란 이미 존재하는 실재입니다. 얼마 전 한 내담자가 "불행질까봐 두렵습니다"라고 털어놓았습니다. 과연 두려움은 어디서 온 것일까요. 마음 안에서 온 것인지, 마음 밖에서 온 것인지를 잘 살펴보아야 합니다. 우리의 괴로움 중 상당수는 공연히 일으키는 미망인 경우가 많습니다. 마음이 어수선할 때는 자신에게 질문을 던져봅니다. 지금의 괴로움이 어디에서 비롯된 것인지 말입니다. 일상에서도 틈틈이 이 질문을 떠올리며 잠시 멈춰보세요. 마음의 괴로움이 클수록 실체가 없는 대상을 쫓아가기보다는

지금 해야 할 일을 찾아 전념합니다. 실재하는 삶을 정면으로
마주할 때 삶의 가능성은 열리니까요.

기꺼이 경험하기

○ **연습 1**

자신이 고통스러운 상황에 처하게 될 때 스스로에게 다음의 질문을
건네어보세요.

내 마음의 고통은 어디에서 온 것일까?

_____

나는 미래에 일어날지도 모를 일을 걱정하느라 많은 시간을 보내고
있지는 않은가?

_____

나는 과거의 실수를 되새기거나, 안 좋은 기억을 떠올리느라 시간
을 보내고 있지는 않은가?

나는 원치 않는다고 무엇인가를 바꾸려고만 하지는 않는가?

나는 마음의 고통을 피하려고만 하지는 않는가?

○ 연습 2

자신에게 일어난 고통을 기꺼이 받아들이는 용기를 내어봅니다. 고통에 대한 받아들임을 계획해볼까요. 받아들임을 통한 마음의 자유와 치유의 시간을 준비해보세요.

받아들임 1. _____

받아들임 2. _____

받아들임 3. _____

받아들임 4. _____

받아들임 5. _____

나를 향한 자비로운 마음에 대하여

자신의 가치를 소중하게 여기고 존중과 사랑으로 대하는 마음을 '자기 자비^self-compassion'라고 합니다. 이는 자기 연민, 자애 ^自愛로 설명되기도 합니다. 우리는 다른 사람으로부터 보살핌을 받으면서 진정과 위안을 얻습니다. 우리 뇌의 진정 시스템은 친절함을 느끼게 되면 침착해지면서 감정이 누그러지도록 설계되어 있습니다. 진정 시스템이 활성화되면 인지, 정서, 행동상의 특정한 변화가 일어납니다. 정서적으로는 평화로움, 안전감, 연결감, 만족감과 같은 감정이 일어나며, 인지적으로는 주의가 개방되고 지혜가 발현되며 객관적으로 사고하게 됩니다. 행동상의 변화로는 느리고 차분해지며 부드러운 표현과 태도가 나타나지요.

　물론 진정 시스템과 달리 위협 시스템도 자기 보호 기능을 합니다. 다만, 위협 시스템은 피해나 손실을 피하거나 최소화하는 작용을 하지요. 이에 외부 자극을 위협적으로 느끼게 되면 방어 행동을 취하게끔 신체를 대비시킵니다. 이 시스템은 불안 분노, 두려움과 공포와 같은 감정과 관련이 있습니다. 그렇기에 일상에서 사소한 일에 민감하게 반응할수록 위협 시스템이 자주 활성화되면서 결국 힘겨운 감정의 고통을 겪게 되는 것입니다. 본래 우리를 고통으로부터 보호하기 위한 역할을 하도록 설계되었으나 과민한 반응으로 인해 진정 시스템은 억제되고 정서적 불편감이나 지나치게 과한 감정만이 남게 되는 것이지요. 삶의 민감성을 줄이기 위해서는 자신을 위로하고 힘을 북돋을 수 있는 방법을 찾아야 합니다. 진정 모드는 친절한 보살핌에서 비롯되듯이 자신을 대하는 마음이 온화하고 자애로울 때 안전한 내적 환경을 만들어낼 수 있습니다.

나를 향한 자애로운 마음

　세상일을 잘 다루기 위해서는 자기와의 관계가 편안해야만 합니다. 우리의 마음은 한결같은 사랑을 필요로 합니다. 자신을 향한 자애로운 마음은 고착되었던 괴로움을 물러나게 하는 강력한 치유의 힘이 됩니다. 얼마 전 심리치료 중인 한 내담자가 저에게 이렇게 말했습니다.

"저는 자신에게 친절한 사람이 아니에요. 자애는 더욱 어렵고요. 앞으로도 안 될 것 같아요."

미래의 자신에게까지 부정적인 확언을 합니다. 그가 심리치료를 택한 이유가 가족이나 연인, 친구로부터 배려받지 못한다는 괴로움에서 벗어나기 위한 것이었습니다. 부정적인 자기개념인 '나는 친절한 사람이 아니다'라는 생각에 고착되다 보니 스스로에게 관심을 기울이지 않은 채 타인의 태도에만 신경을 쓴 것이지요. 내담자는 심리치료 동안 자기와의 관계 변화를 위한 수고를 잘 견뎌냈고, 자기 자비를 배우면서 마음의 공간이 조금씩 열리기 시작했습니다.

나를 사랑하는 것에서부터

자기 자비를 기르면 타인을 향한 자비도 증진됩니다. 이는 자신과 타인의 가치를 지키는 선한 보호막이 되지요. 최근 심리치료를 마친 한 내담자가 이렇게 말하더군요.

"타인에게 자비를 베푸니 그 사람에게 미처 발견하지 못했던 좋은 면을 보게 되고, 무엇보다 제 마음이 편안해요."

자신이나 타인에 대한 원망과 미움보다는 사랑을 선택한다면 앞으로의 삶에 어떠한 일들이 일어나게 될까요? 자비와 사랑은 자신의 내면을 밝히는 등불이자 삶에 생명력을 불어넣는 자양분입니다. 자애의 힘이 삶에서 드러날 때 인생의 행복이 커지는 것을 느끼게 될 것입니다.

나를
사랑하기 위해
내가 해야 할 일

자기 자비 연습

○ **연습 1**

편안하게 앉아 지금 이 자리에 자신이 존재하고 있음을 경험해봅니다. 앉아 있는 몸의 감각과 주변의 공간을 자각하고, 다른 감각적 자극을 알아차려 봅니다.

최근 자신에게 일어난 힘겨웠던 일을 떠올려보세요. 그 일을 생각할 때 느껴지는 감정을 알아차려 봅니다. 감정이 하나가 아니라 여

러 감정이 미묘하게 얽혀 있음을 느낀다면 이 또한 그대로 알아차
려 봅니다.

그런 다음, 사랑과 자애의 마음으로 다음의 문장을 소리 내어 따라
해봅니다.

내가 행복하기를……
내가 편안하기를……
내가 삶 속에서 평화롭기를……
내가 삶의 일에서 풍요롭기를……
나의 고통과 슬픔이 줄어들기를……

_____

_____

_____

_____

○ **연습 2**

편안하게 앉아 몇 차례 호흡합니다. 숨을 들이쉴 때 '행복', 숨을 내
쉴 때 '평화'와 같은 단어를 읊조리며 이 단어의 에너지가 몸 전체로
퍼져나간다고 생각하며 단어에 주의를 집중합니다. (상황에 따라 들

숨과 날숨을 할 때 마음을 편안하게 해주는 단어를 다양하게 선택해보세요.)

_____

_____

_____

_____

마음 관찰자가 된다는 것

평소 우리는 습관적으로 하는 생각이나 감정에 붙들린 채 지내는 경우가 많습니다. 생각이나 감정은 정신적 현상이자 마음의 상태일 뿐인데도 자신과 동일시하여 온통 나로서 여기는 것이지요. 그러다 보니 그만큼 떠안게 되는 불행도 커집니다. 자신의 내적 경험과 자기와의 구분을 하지 못하면 마음의 작용에 사로잡혀 이끌려 다니게 됩니다.

모든 경험은 연속적이며 한순간도 고정적이지 않습니다. 우리 마음의 작용도 이와 같습니다. 마음속에서 일어나는 경험의 흐름을 잘 볼 수 있어야 특정한 생각이나 감정, 욕구에 붙들리지 않게 됩니다.

내면을 관객처럼 바라보기

자신의 마음을 잘 이해하기 위해서는 관찰자적 태도가 필요합니다. 마음 관찰자가 되어 자신의 내면을 마치 관객처럼 바라봅니다. 자기 경험이 만들어지는 과정에 주의를 기울이며 일련의 생각과 감정, 욕구 등을 알아차려 봅니다. 얼마 안 가 마음 안에 얼마나 많은 판단이 있었는지, 어떤 감정들이 오고 가는지, 소망이나 기대가 무엇이었는지가 드러나게 되면서 자신의 고통을 바로 보게 될 것입니다. 깨어 있는 자각으로 관찰하게 되면 모든 것을 명료하게 볼 수 있습니다. 다만, 마음을 살펴보되 경험을 판단하거나, 붙들거나, 집착하지 않은 채 관찰해야 합니다. 과연 자신이 경험을 있는 그대로 놓아주고 있는지, 아니면 통제하거나 간섭하고 있지는 않은지 살펴보세요. 경험을 알아차리는 동안 마음의 작용에 얽매이지 않게 되면서 마음속 소란에 더는 휩쓸리지 않게 될 것입니다.

나의 하루 관찰하기

하루 동안에도 잠시 하던 일을 멈추고 자신의 마음을 관찰해 봅니다. 끊임없이 일어나는 마음의 작용을 살피는 것은 생각과 감정의 영향력을 줄이는 데 도움이 됩니다. 온통 머릿속이 복잡한 날은 마음을 관찰하면서 자신을 향해 지금 어떤 생각이 드는지, 감정이 어떤지를 물어봐도 좋습니다. 이후 생각과 감정, 욕구와 감각 등 다양한 현재의 경험을 느껴보면서 자기 경험의 여러 모습을 관찰합니다. 마음 안의 반복적인 이야기나, 자기 비난의 목소리, 들뜨거나 가라앉는 감정의 흐름을 보면서 자신만의 습관적인 반응 패턴을 살펴봅니다. 자신의 경험을 또렷이 마주하게 되면 자기 이해가 바로 설 뿐만 아니라, 수용과 용기, 인내와 개방성이 증진됩니다. 나아가 내적 경험에 조건 없이 머물며 애정 어린 주의를 기울이는 것은 열려 있는 존재로서의 자기 인식에 영향을 줍니다. 이제, 자신의 마음에 자주 찾아가보세요.

**나를
사랑하기 위해
내가 해야 할 일**

관찰자적 자기 연습

편안하게 앉은 후 숨을 천천히 길게 들이쉬고 내쉬면서 긴장을 풀고 눈을 감습니다.

이제 자신의 마음 안에 일어나는 일을 지켜봅니다. 마음속의 생각과 감정, 욕구나 충동, 기대와 소망 등을 알아차립니다. 크든 작든,

중요하든지 중요하지 않든 간에 경험하는 그대로를 바라봅니다.

다정하고 온화한 자각으로 마음을 관찰하며 일어나고 사라지는 모든 것을 알아차려 보세요. 어떤 것에든 사로잡히지 않고 그것들 모두가 지나가고 사라지도록 내버려둡니다.

경험을 알아차리는 동안 통제나 집착, 저항이나 거부 등의 자기 의도가 있다면 이를 알아차려 보세요. 경험이 흘러가도록 두면서 마음의 흐름을 관찰합니다.

만일 특정한 생각이나 감정 등에 사로잡히면 '그냥 내버려둬'라고 말해주어도 좋고, '지금 ~한 감정(욕구, 생각, 소망 등)이 지나간다'라고 경험을 있는 그대로 읊조려봅니다.

'관찰자적인 자기'로서의 경험은 어떠했나요?

_____

_____

_____

한 번에 한 가지씩, 몰입의 힘

현재의 순간에 주의를 두면 복잡하고 산만한 마음에서 벗어나 '지금-여기'에 집중할 수 있게 됩니다. 우리는 일상에서 여러 가지 일을 하면서 수시로 과거나 미래로 마음이 흩어집니다. 운전 중에도, 음식이나 차를 마시는 동안에도, 가까운 사람과 대화하는 동안에도 마찬가지입니다. 현재의 순간에 있지만, 현재를 충분히 느끼지 못하면 삶의 만족감이 떨어집니다.

한 번에 한 가지씩

하루에도 여러 번 수시로 생각들이 일어나 마음을 한곳에 두기 어렵다 보니 일이나 과제를 할 때 집중이나 몰입을 하기 어렵습니다. 걱정거리나 계획과 같은 온갖 일에 신경을 쓰면 정작 해야 할 일에 마음을 다하지 못하게 되지요. 한 가지 이상의 것들을 처리하면 자동적이든 의식적이든 자기 효율성이 낮아지게 되는데, 이는 자기 효능감을 낮추는 원인이 됩니다.

멀티태스킹의 가장 큰 문제는 자신이 원하는 바에 주의를 온전히 두지 못하는 데 있습니다. 이에 현재의 순간에 주의를 두고 한 번에 한 가지씩 처리하는 습관을 키울 필요가 있습니다. 마음을 현재에 두기 위해서는 일정한 자기 의도가 필요합니다. 그 이유는 습관적이고 자동적으로 일어나는 생각을 통제하기 위해서이지요. 현재에 주의를 두기 위해서는 지금의 경험에 대한 자각이 무척 중요합니다. 이때 주의 집중을 돕는 자기 대화를 하게 되면 각성과 환기에 도움이 됩니다. 한 번에 한 가지, 주의를 기울이는 노력은 전방대상피질에 영향을 주어 집중이 향상됩니다. 전방대상피질에는 기분이나 안녕감에 영향을 주는 신경전달물질인 세로토닌이 집중되어 있어 안정적인 주의 집중을 유지할 수 있는 것이지요.

선택과 집중의 힘

하나의 대상에 주의를 기울이는 것은 지금 이 순간에 충분히 더 집중하도록 돕는 자기 자각 훈련이기도 합니다. 우리가 현재를 알아차리지 못하는 이유는 주의가 한 대상에서 다른 대상으로, 혹은 한 생각에서 다른 생각으로 방황하기 때문입니다. 하나의 대상에 대한 주의 집중은 정신 근육 훈련이라고 보면 좋겠습니다. 이를 통해 자기 만족이 증진되면 일이나 학습에 대한 동기가 강화되어 좋은 습관을 형성하는 데 도움이 됩니다. 몰입에서의 즐거움은 삶의 질을 높이고 행복감을 주지요. 몰입의 경험을 촉진하기 위해서는 가벼운 수준의 활동을 시작으로 점진적으로 늘려갑니다. 나아가 기분이 나아질 수 있는 활동으로 시작하면 집중에 도움이 되기에 선택 시 고려하면 좋겠습니다. 이에 평소 관심이나 흥미가 있는 활동을 선택해서 의도적으로 주의를 기울이는 연습을 반복해보세요.

의도적인 선택과 집중은 자기 통제감에 영향을 주고, 일상의 다른 일에서도 주의 집중과 유연성이 커지면서 자연스럽게 자기 만족이 커집니다. 이러한 집중은 다른 불필요한 잡념에서 벗어나는 데 도움이 되고, 생각을 없애거나 줄이기 위한 노력을 덜 하여도 생각이나 감정을 조절할 수 있어 여러모로 효과적입니다. 우리는 하루 중 얼마나 지금의 순간에 집중하고 있을까요? 지금-여기의 순간에 주의를 두며 한 번에 한 가지씩 경험을 늘려봅니다. 이내 삶에서 느끼는 즐거움이 커지고 의미 있는 순간도 깊어집니다.

나를
사랑하기 위해
내가 해야 할 일

몰입의 순간을 늘리기

먼저 편안하게 앉아 천천히 호흡합니다. 그런 다음 눈으로 선택한 대상의 특징을 관찰하며 주의를 기울여봅니다. 점차 다른 감각으로도 집중을 증진해봅니다. 처음에는 쉽게 해볼 수 있는 대상부터 시작해서 점차 일이나 관계의 상호작용으로 확장해보세요.

○ 대상의 모양은 어떠한가요?

_____

○ 대상의 성질은 어떠한가요?

_____

○ 대상의 질감은 어떠한가요?

_____

◦ 대상의 색은 어떠한가요?

◦ 대상의 모습 중에서 특별한 것은 없는지요?

◦ 대상의 온도에 대한 느낌은 어떤가요?

◦ 손으로 느껴볼 때 접촉감은 어떤가요?

◦ 대상의 무게는 어느 정도인가요?

대상의 모든 특징을 충분히 탐색할 때까지 천천히 살펴보는 연습을 자주 하도록 합니다. 이러한 연습은 일상의 다른 활동에서도 선택과 집중 시 주의를 오래도록 유지할 수 있게 도와줍니다.

감정을 치유하는 먹기 명상

　스트레스를 다루는 방법에는 여러 가지가 있겠지만 감정을 치유하는 간단한 방법으로는 마음 챙김 먹기 명상^{mindful eating}이 있습니다. 먹는 동안의 자각을 통해 기분 좋은 포만감과 심리적 안정감을 회복할 수 있습니다. 감정은 섭식과 관련이 있어서 섭식 과정과 태도의 변화는 기분에 영향을 미치지요. 실제로 과도하게 충동적으로 음식을 섭취하는 경우 자율신경계와 호르몬, 섭식 조절과 관련된 뇌의 시상하부 내 세로토닌의 감소가 나타납니다. 이때는 탄수화물 섭취의 증가뿐만 아니라 섭식 행동을 적절한 수준에서 제한하는 포만 기제의 기능이 저하됩니다. 세로토닌은 진정과 정서적 안정에 영향을 주기에 음식을 먹을 때 어떻게 먹는지가 매우 중요합니다.

먹고 사랑하며 사는 법

음식을 먹는 동안 온전히 향이나 맛, 질감을 느끼면서 먹는 습관은 정신건강에 도움이 됩니다. 주의를 기울여 집중하는 동안에 오감을 통한 만족이 증진되면서 경험이 충만해지는 것이지요. 이를 위해서는 먹는 동안의 자각이 중요합니다. 성급하게 먹거나 다른 데 주의를 두게 되면 정서적 안정감과 정신적 포만감이 줄어듭니다. 흥미로운 일은 우리가 허기짐을 느낄 때, 실제 배고픔이 아니라 정서적인 허기에서 오는 배고픔이라는 것입니다. 우울하거나 기분이 저조할 때 섭식의 변화가 일어납니다. 기분에 따라 음식을 많이 먹기도 하지만 아예 입맛을 잃어버리기도 합니다. 실제로 우울증의 진단 준거에는 섭식 변화로 인한 체중의 변화를 고려합니다. 서로 관련이 있기에 음식을 통한 치유 방법은 일상에서 어느 때이든 쉽게 마음을 살필 수 있는 좋은 방법입니다. 그 대표적인 훈련법이 바로 마음챙김 먹기 명상이지요.

최근 들어 마음챙김에 대한 관심이 증폭되면서 대중적으로도 많이 알려진 방법이 음식을 먹는 동안의 감각에 주의를 두며 현재를 충분하게 경험하는 마음챙김 먹기 명상입니다. 저

또한 심리치료에서도 적용하고 있고, 일상에서도 오래전부터 활용하고 있습니다. 몇 해 전부터는 강연의 특별 주제로 준비할 만큼 널리 사랑받는 대표적인 마음챙김 훈련법입니다. 마음챙김 먹기 명상은 섭식장애, 비만, 정신적 고통의 치료로서 활발히 연구되고 있고 임상 실무에서 두루 적용되고 있습니다. 단순히 먹는 즐거움에서 그치는 것이 아니라 편견 없는 주의와 삶의 감사, 행복을 느끼게 하니 그야말로 치료와 치유로서 손색이 없습니다.

천천히, 느리게, 집중하며

마음챙김 먹기 명상은 언제든 쉽게 해볼 수 있습니다. 지금 한 잔의 차가 곁에 있다면, 좋아하는 음식을 앞에 두고 있다면, 혹은 식사하는 동안에도 마음챙김 먹기 명상이 가능합니다. 음식을 먹는 동안에 주의를 전 과정에 두고 오감을 통해 경험을 느끼며 집중합니다. 이때 지금-여기에서의 느낌이나 감각을 인식하는 것이 중요하며, 이전에 먹기를 통해 경험한 것들을 머릿속에서 지우고 현재의 경험에 따라 느끼도록 합니다. 순수하게 경험을 관찰하며 맛과 풍미, 질감, 향기 등 다양하게 느껴보세요. 나아가 이 음식이 우리의 식탁에 놓이기까지 수고한 많은 이들의 노고와 사랑, 자연과 대지, 계절을 품은 전 과정을 떠올려봅니다. 이런 생각들은 마음챙김 먹기 명상을 더욱 충만하게 해줍니다. 마음챙김 먹기 명상을 하는 동안은 천천히 느리게 집중하며 느껴봅니다. 성급한 마음이 일어나면 이를 알아차리도록 합니다. 이전에도 말했듯이 행복은 수고로움이 필요합니다. 마음챙김 먹기 명상을 통한 순수한 자각과 경험에 대한 열린 태도는 일상의 모든 일에서의 변화를 줄 것입니다. 행복한 순간을 늘리는 마음챙김 먹기 명상을 통해 기분 좋은 순간을 조금씩 늘려보세요.

나를
사랑하기 위해
내가 해야 할 일

건포도 마음챙김 먹기 연습

건포도 한 알을 잡아서 손바닥 위에 올려놓습니다. 이때, 전에는 마치 이 대상을 본적이 없는 것처럼 '지금-여기'에서의 경험에 주의를 기울입니다.

건포도를 빛에 비추어 밝은 부분과 어둡게 움푹 들어간 주름을 살펴봅니다. 건포도를 들어서 코 밑에 가져가보세요.. 숨을 들이쉴 때마다 주의 깊게 건포도 향기를 맡아봅니다.

다시 건포도를 손바닥에 올려놓고 바라봅니다. 많은 이들의 수고와 사랑, 정성이 깃든 건포도를 마주하고 있습니다. 햇살과 바람, 대지를 품은 건포도의 여정을 느껴봅니다.

이제 천천히 건포도를 입가 가까이 가져다놓습니다. 건포도를 입에 넣고 천천히 맛과 질감, 입 안에 생기는 침에 주목하고, 건포도의 밀도가 어떻게 변화되는지 알아차리며 경험을 느껴보고, 아래에 변화를 적어보세요.

_____

_____

_____

건포도 마음챙김 먹기 연습은 마음챙김 명상에 포함되어 있습니다. 어떻게 인식하고 느끼고 경험하는가의 과정이 중요하기에, 다른 여러 음식과 재료를 통해 마음챙김의 시간이 충만하길 바랍니다.

내 안의 작은 아이가 울고 있다면

사람들이 흔히 느끼는 인간관계 고통 중의 하나가 자신의 마음을 이해하거나 수용해줄 사람이 없다는 생각이 들 때입니다. 이때는 소외감이나 외로움, 고독감이 커지게 되는데요, 관계에 대한 가치가 우선순위로 높은 경우는 이로 인해 우울감이나 절망감까지 느끼게 됩니다. 그런데 다른 사람의 태도에 따라 자신의 존재 의미나 가치를 느끼는 경우도 심리적인 문제가 발생합니다. 자신의 가치를 타인의 평가에 두었기에 늘 다른 사람의 태도로 인해 고통을 받기 때문이죠. 실존적 외로움은 사는 동안 우리가 감내해야 할 삶의 고통이기도 하지만 관계를 맺게 하는 동기가 됩니다. 그러나 심리적 수용에 민감한 사람들의 경우에는 실제로 가까운 또다른 사람들이 곁에 있고, 친밀한 관계를 맺고 있어도 늘 허전함과 공허함을 느낍니다. 그러다 보니 타인의 존재는 삶의 질에 많은 영향을 줍니다.

어린 시절의 경험이 인간관계에 미치는 것들

심리적 수용 경험은 어린 시절 부모-자녀 간의 경험이 성인이 되어서도 일정 수준 영향을 미칩니다. 이 시기에 양육자를 포함한 의미 있는 관계로부터 감정이 차단되거나 거부나 무시를 당했다면, 성인이 되어서도 감정을 다루는 데 어려움이 생길 수 있습니다. 가령 주양육자가 아이가 울 때마다 나무라거나 비난을 했다면 아이는 자라는 동안 자기 감정에 대한 인식이 부정적으로 형성되기 쉽고, 감정이 성급히 차단되었던 경험으로 감정 조절에 어려움을 겪게 됩니다. 정서적 욕구가 해결되지 않은 채 자라게 되면 자신의 감정이지만 어떻게 느끼고 무엇을 해야 하는지 잘 몰라 혼란스러움을 느낄 수 있습니다. 또한 주변을 통해 감정이 진정되는 과정을 겪지 못하면 감정에 대한 두려움이 커지지요. 성장하는 동안에는 타인에게 안심을 구하거나, 양극단을 오가는 감정으로 인해 충동적으로 행동하는 경향이 나타나기도 합니다. 더욱이 기질적으로 민감한 아이들의 경우에는 주변으로부터 '예민한 아이'로 평가받으며 자라게 되고, 점차 '난 예민한 사람이다'라는 자기개념을 갖게 되면서 부정적인 자기개념에 갇혀 지내게 됩니다.

감정을 수용받지 못한 경험은 정서 조절이나 자기 수용에 어려움을 주지만, 스스로 좋은 방법을 찾아 자신에게 도움을 준다면 오래된 감정들을 잘 다룰 수 있습니다. 다만, 오래된 고정관념이나 편견으로 인해 마음이 괴로울 수 있기에 스스로 자신의 기질이나 특성을 문제 삼지 않는 적극적인 노력이 필요합니다. 저는 클리닉에 오시는 많은 분들에게 이렇게 말하곤 합니다.

"정서적 민감성을 두려워하지 마세요. 우리는 누구나 민감한 채 살아가요. 그러니 자신을 민감한 사람으로 보면서 문제 삼지 않아야 해요. 오히려 내 마음이 누구보다 빨리 자신을 도와주어야 할 때를 알려주고 있으니 조금 더 잘 도와줄 수 기회로 삼아볼까요."

감정을 판단하지 않고 받아들이며 친절한 말로 스스로에게 위안을 주는 방법들을 안내하며 내담자들의 연습을 돕습니다. 감정이 어찌 문제가 될 수 있을까요. 또한 그 감정을 느끼는 나 자신이 역시 잘못일 수가 있을까요. 어떻게 해결해나가야 할지를 몰랐기 때문이니 자신을 자책하거나 나무라지 마세요. 그보다는 감정의 강도를 줄이고 자기 조절을 위한 연습을 실천해 봅니다. 어떠한 괴로움도 이겨내고자 스스로를 도우려 한다면, 큰 깨달음을 얻고 마음의 고요와 평안을 느낄 수 있습니다. 선한 의지 안에서 더 큰 지혜와 새로운 관점을 얻어보세요.

자라는 아이들에게 반드시 필요한 것

아이가 자라는 동안 감정에 대한 수용적 환경은 성격과 대인 관계 적응에 적지 않은 영향을 미칩니다. 즉 '지금의 감정은 타당하다'라는 반응은 중요한 대상으로부터 수용과 존중받고 있다는 인식을 심어주면서 긍정적인 자기개념의 발달에 영향을 줍니다. 부모나 주양육자가 아이의 감정을 존중하면서 있는 그대로 수용해줄 때 아이는 자신이 이해받고 있다고 느끼게 됩니다. 이러한 경험들은 자라는 동안 자기 가치감이나 존중감에 영향을 미칩니다. 반면 양육자가 성급히 아이의 감정을 차단하거나 억제하는 경우, 아이는 자신의 감정을 강제적으로 닫아야만 하는 상황에 놓이게 됩니다. 정서적으로 수용받지 못하는 경험이 쌓이면, 아이는 스스로 감정을 조절하는 기회뿐만 아니라 자기 진정의 과정을 놓치게 됩니다. 그 과정에서 감정에 대한 조절 능력이 낮아지게 되고요.

아이의 심리치료는 보호자와의 면담이 병행되는데요, 이때 자녀의 상처 입은 감정을 회복할 수 있도록 가정에서의 지원 방법을 알려줍니다. 간혹 보호자가 '나는 원래 감정을 돌봐주는 것을 잘 못한다' 또는 '아이의 감정을 알아주려고 노력했는데 안 된다. 우리 아이가 너무 예민하다'라고 토로하는 경우가 있습니다. 물론 자녀의 감정 돌봄에는 시행착오가 있기 마련이지요. 그런데 아이에게는 각별한 정성이 필요한 시기입니다. 아이의 감정을 헤아려 돌보는 일은 공감 능력의 유무로 설명되어서는 안 됩니다. 아이는 부모로부터 감정에 대한 일차 관계를 경험합니다. 감정에 대한 수용은 상호작용 기술이며 사회적 기술이자 관계 기술입니다. 우리는 사회적 관계를 대할 때 공감하지 못하더라도 기분 좋은 대화를 나누며 배려와 사려 깊은 행동을 합니다. 부모자녀 관계는 친절하고 부드러운 상호작용 기술이 우선되어야 하는 가장 중요한 사회임을 잊지 마세요.

우리는 저마다의 성격이 있고 자신의 욕구대로 감정이나 행동을 표현하고 싶어 하는 내재된 갈등이 있습니다. 그렇지만 사회적 기술을 통해 서로 간에 소통해나갑니다. 흔히 밖에서는 타인을 잘 배려하면서 집에서는 소홀한 경우가 많습니다. 밖에서 사람들과 원만하게 잘 지낸다면, 가정에서는 더욱 원만해야 합니다. 좋은 사회적 기술이 가장 잘 쓰이는 곳이 바로 가정이 되어야 하기 때문입니다. 그 좋은 인간관계 기술의 혜택을 가장 사랑하는 사람들은 정작 받지 못하는 셈이지요. 주양육자로부터 정서적으로 수용받지 못한다면, 아이는 자라면서 다른 사람의 눈치를 보거나 다른 사람의 거부에 민감해질 수 있습니다. 또한 타인에게 자신의 감정을 드러내는 것에 두려움을 느낄 수 있고, 안전하게 감정을 내놓을 만한 곳이 어디에도 없다고 여길 수 있습니다.

아이에게 보내는 정서적 지지의 중요성

부모자녀 관계는 한 사람이 다른 사람의 감정에 어떻게 반응하는지를 알 수 있는 정서적 사회화가 일어나는 초기 환경입니다. 아이가 감정을 드러내며 양육자로부터 위로와 안전을 원할 때 그 감정에 다가가 정서적인 지지를 보여줘야 합니다. 아이는 감정에 압도되지 않은 채 진정되는 경험을 하게 됩니다. 만일 아이의 감정을 받아들이지 않으며 표현을 좌절시키고 이해할 수 없는 반응으로 여긴다면, 아이는 자라면서 적절한 자기위안을 하기 어렵게 됩니다. 그러나 아동기에 양육자가 감정을 잘 받아주지 않았다고 해도, 자신을 돌보지 않아서는 안 됩니다. 자신의 감정을 가장 잘 이해할 수 있는 사람은 온전히 자신뿐이기 때문입니다. 자신을 향한 수용을 자기 안에서 철회한다면 감정은 늘 삶의 괴로움이 될 것입니다. 부모는 아이의 감정에 대한 이해를 잘해야 할 필요가 있고, 우리는 누가 뭐라고 하든, 어떤 상황이든 자신의 감정을 사랑으로 돌봐주어야 할 자기 존중이 있어야 합니다. 스스로에게 애정과 사랑이 있을 때 존재는 존엄해지는 것이니까요.

나를
사랑하기 위해
내가 해야 할 일

애정 어린 알아차림

○ **감정 수용하기**

편안하게 자리에 앉아 등을 펴고 자세를 바르게 한 후, 눈을 감습니다. 숨을 들이쉬고 입으로 내쉬며 몇 차례 호흡합니다.

들숨에 주의를 기울이며 숨을 쉴 때마다 각각의 호흡이 어떻게 느껴지는지 그 느낌과 감각, 리듬, 변화 등을 알아차리도록 합니다.
날숨에 주의를 기울이며 숨을 쉴 때마다 각각의 호흡이 어떻게 느껴지는지 그 느낌과 감각, 리듬, 변화 등을 살펴봅니다.

이제 현재 느껴지는 감정에 주의를 기울입니다. 감정의 전 과정을 알아차리고, 감정에 대한 판단이 일어나면 이를 알아차려 보세요.

한 손을 왼쪽 가슴 위에 올려놓거나 두 손을 포개어 보듬은 후 가만히 몸의 감각과 감정을 알아차려 봅니다. 자신을 향한 자애와 존중의 마음으로 이 순간을 느껴봅니다.

○ **자기 격려로 대처하기**

자기 격려는 고통스러운 경험을 견딜 수 있도록 하는 힘과 동기를 줍니다. 정서적인 위안이 필요할 때 가장 마음에 드는 목록을 중심으로 여러 번 반복해서 자신에게 이야기해줍니다.

- "이 상황이 영원히 지속되지는 않아."
- "난 여러 고통스러운 경험을 해봤고, 그 고통을 극복했어."
- "이 또한 지나갈 거야."
- "지금 이 감정이 나를 불편하게 하지만, 나는 이걸 수용할 수 있어."
- "불안하지만 난 여전히 이 상황을 해결할 수 있어."
- "난 지금 나에게 일어나고 있는 일을 해결할 수 있을 만큼 충분히 강해."
- "이건 나의 두려움에 대처하는 방법을 배울 수 있는 기회야."
- "난 충분히 견뎌낼 수 있고, 나에게 영향을 미치지 않게 할 수 있

어."
- "난 이전에 비슷한 상황을 극복했고, 이번에도 극복할 거야."
- "나의 불안, 두려움, 슬픔이 나를 지배하지 못해. 단지 지금 당장 즐거운 기분을 느끼지 못할 뿐이야."
- "이것은 나의 감정일 뿐이고, 결국엔 모두 지나갈 거야."
- "때때로 슬픔, 불안, 두려움을 느껴도 괜찮아."
- "나의 감정은 내 삶을 통제하지 못해."
- "내가 원한다면 다른 감정을 느낄 수 있어."
- "지금 내 상황은 위험한 게 아니야."
- "그래서 뭐 어쩌라고?"
- "이 상황은 정말 별로야. 하지만 이건 일시적일 뿐이야."

PART 3

미래로 나아가기 위한 준비

딜레마 상황에서 사용하는 가치 나침반

우리는 살아가면서 크고 작은 선택을 끊임없이 합니다. 하루에도 여러 번 사소한 결정을 해야 하고, 중요한 일을 앞두고는 이런저런 고민에 여러 날을 보내기도 합니다. 특히 딜레마 상황에 놓여 있을 때는 옳은 결정을 두고 불면의 밤을 보내기도 하지요. 특히 좋아하는 것과 해야만 하는 일에 대한 갈등이라든가, 자신의 욕구와 부모를 비롯한 중요한 대상과의 욕구 갈등이 있을 때는 나아갈 방향을 잡지 못해 서성이기도 합니다. 딜레마 상황에서 후회하지 않을 선택을 하고 싶은 마음은 누구라도 예외가 없을 것입니다. 이때 합리적인 결정을 위한 기준이 있다면 더 나은 선택을 할 수 있을 거예요.

가치에 기반한 삶을 살고 있는가

심리치료에서는 딜레마를 놓고 고민할 때 삶의 '가치'를 면밀하게 탐색하곤 합니다. 가치란 삶의 동기를 부여할 뿐만 아니라 크고 작은 역경을 만날 때 나아갈 방향을 안내해주는 나침반과 같은 역할을 하기 때문이지요. 게다가 삶의 여러 갈등 상황에서 목표를 향해 계속해서 나아갈 수 있도록 돕는 기능도 합니다. 삶의 중요한 결정이 가치와 연결되어 있다면 자신이 소중하게 여기는 것을 지켜낼 수 있고, 자기만의 의미나 보람을 느낄 수 있습니다.

가치는 양자택일의 상황에서 합리적인 하나의 선택을 하는 데 도움을 주는 유용한 자산입니다. 우리는 사는 동안 여러 일에서 실패를 경험합니다. 깊은 실망감과 좌절감을 느낄 때, 가치는 자신의 길을 나아가게 하며 두려움과 불안의 장벽을 낮춰주는 역할을 합니다. 마치 바다를 항해하는 길에 풍랑을 만나 항로를 이탈했을 때 길잡이가 되는 북극성이나 등대와 같다고 해야 할까요. 인생에서 늘 옳은 선택을 할 수는 없겠지만 가치에 기반한 선택은 역경을 만나더라도 후회보다는 의지를 북돋아줍니다.

삶의 가치는 누구라도 생각해볼 수 있겠지만, 가치에 기반한 삶을 살아가는가는 저마다 다를 수 있습니다. 또한 가치의 방향은 의미를 어디에 두느냐에 따라 다르기에 모두의 가치는 존중받을 필요가 있습니다. 자신이 중요하게 여기는 가치라도 다른 누군가는 우선시하는 가치가 다를 수 있으니까요. 그렇기에 가치에 대한 비교와 차별은 무의미합니다. 만일 가까운 누군가와 관계 가치나 일의 가치 등 서로 일치되는 가치가 있다면 반가운 일이고, 그렇지 않다면 상대가 선택한 가치를 인정하며 격려해주면 더욱 좋겠지요.

가치 탐색과 실행의 시간

가치 탐색을 위해서는 자신이 의미를 두는 것이 무엇인지를 생각해봐야 합니다. 그 후에 가치에 일치되는 행동을 만들어 실천해보세요. 먼저 가치를 규명하기 위해서 삶의 영역별로 가치를 세분화합니다. 이는 가치에 일치되는 행동 계획에 도움이 됩니다. 가령, 가족, 연인, 친구, 동료, 일, 여가, 영성, 건강 등으로 나눠보고 각기 가치를 만들어보세요. 영역별 가치는 서로 같을 수도, 다를 수도 있습니다. 가족과 친구의 영역에서 추구하는 가치가 모두 '배려'일 수도 있고, 때론 가족 가치는 '배려'이지만 친구 가치는 '신뢰'일 수 있습니다. 영역별 가치를 정한 후에는 가치에 일치되는 작은 행동을 계획해봅니다. '배려'라는 가치에 일치되는 행동으로 한 주간 가족의 의견을 수용하거나 경청해보고, '신뢰'의 가치를 두었다면 대화를 할 때 거짓이나 이유를 대지 않고 진솔하게 이야기해보는 것이지요.

가치를 명료하게 세우는 것도 필요하지만 무엇보다 실천 행동이 중요합니다. 행동을 통해 실천하지 않는 가치는 문자 이상의 의미가 없습니다. 가치에 따른 행동을 계획할 때는 '~하지 않기'가 아닌 '~하기'로 목표를 세우도록 합니다. '다른 사람을 비난하지 않기'와 같은 목표 대신에 '다른 사람을 배려하기'로 계획을 세우는 것이지요. 오로지 해서는 안 되는 일에만 집중하다 보면 긍정적인 경험이나 즐거움을 놓치기 쉽습니다.

| 행동 목표 세우는 법 |

다른 사람을 비난하지 않기	다른 사람 배려하기
✕	○

'가치'를 삶의 갈등 상황에 적용하면 지혜로운 선택을 할 수 있습니다. 어떤 스트레스 상황이나 관계 갈등에 놓여 있다면 자신에게 가치와 관련된 질문을 해봅니다. '이 행동이 나의 친

구 관계 가치에 맞는가?' '나의 결정이 평소의 가치와 가까운가? 오히려 가치와는 먼 결정인가?'와 같은 물음에 답을 해봅니다. 가치와 관련한 질문은 무엇을 해야 하고 하지 말아야 할지를 돕는 정신적 기어로 작용하여 원하는 뜻에 이르게 할 것입니다.

자신의 가치를 구체적으로 확인하기 위해 원하는 핵심적인 가치를 찾기 위한 질문을 영역별로 해보아도 좋습니다.

나는 가족들과 어떻게 지내고 싶은가?

나는 어떤 친구가 되고 싶은가?

내가 건강을 돌보는 이유는 무엇인가?

이 직업을 갖는 것은 내게 어떤 의미가 있는가?

이와 같은 질문들에 답을 해보세요. 가치 탐색을 한 후에는 단기적이든 장기적이든 그에 맞는 목표 행동을 만들어 실천해야 합니다. 현재의 삶에서 우선시 되는 가치 영역을 먼저 고려해보아도 좋습니다. 또는 일주일 단위로 가치 일기를 써보며 하루의 실천 행동을 계획하여 의미 있는 시간을 만들어보세요. 가치는 다른 이에게 보이고자 하는 것이 아니라 스스로를 위한 돌봄입니다. 무의미하게 흘러가는 시간에 숨결을 불어넣어 보세요.

가치 탐색하기

○ **행동 계획 세우기**

현재 자신에게 중요하다고 느껴지는 영역별 가치를 탐색해봅니다. 각 항목의 가치를 실천하기 위한 행동 계획을 세워봅니다. 현재는 해당이 안 되는 영역이어도 가치에 따른 생각을 기록해봅니다.

∘ 가족 가치 : _____

실천 행동 : _____

∘ 친구 가치 : _____

실천 행동 : _____

∘ 연인 가치 : _____

실천 행동 : _____

◦ 건강 가치 : _____

  실천 행동 : _____

◦ 일(학업) 가치 : _____

  실천 행동 : _____

◦ 그 외 : _____

○ 〈두 번째 연습〉 가치 일기

◦ 가치 일기 쓰기

월   일   요일

1. 오늘 하루를 시작할 때 중점을 두고 싶은 가치는?

_____

2. 가치의 방향으로 나아가기 위한 구체적인 실천 행동은?

3. 가치의 방향으로 나아가기 위한 행동을 할 때 장애물이 있다면?

_____

장애물을 극복하기 위한 계획은,

_____

비극적 시나리오는 다시 쓰기

생각은 끊임없이 이야기를 지어냅니다. 생각이 일어나는 것은 잘못된 일이 아니지만, 자신도 모르는 사이 특정한 생각의 덫에 걸리게 되면 진실이 아닌 내용을 믿어버리는 고통에 빠질 수 있습니다. 아마 누구라도 한때 틀림없는 사실로 여겼던 생각이 한낱 기우였거나 그릇된 판단이었음을 알고 난 뒤, 후회했던 경험이 있었을 거예요. 우리가 겪는 정서적 고통의 대부분은 삶 속에서 수없이 경험하는 부적절한 이해와 관련이 있습니다. 우리가 어떤 것을 인식할 때 평가의 내용에 따라 그것이 좋아지기도 하지만 의미가 없거나 불쾌하게 여겨지기도 합니다. 그렇기에 삶의 복잡성을 만드는 생각과의 관계를 어떻게 맺을 것인가가 중요합니다. 생각이 말하는 대로 따르다가는 인생을 좌지우지하는 것이 자신이 아닌 생각이 될 수 있기 때문입니다.

내가 원하는 이야기를 만드는 법

평소 생각에 주의를 기울이지 않으면 부정적인 이야기로 인해 자신이 가고자 하는 길에서 벗어나기 쉽습니다. 어떤 일을 하고자 할 때 '도저히 잘 해낼 자신이 없어'라는 생각을 믿어버리면, 안 될 가능성이 큰 사건으로 만들어버리는 것이지요. 그러다 보면 두려움과 걱정은 눈덩이처럼 커져버립니다. 이러한 일이 일상에서 반복된다면 늘 비극적인 각본의 주인공으로 지낼 수 있으니 주의를 해야 합니다. 자신이 원하지 않은데도, '잘 해낼 수 없는'으로 안내된 생각의 방향대로 따라가게 되면 결국 소망은 밀려날 수밖에 없습니다. 그러니 생각이 만들어내는 이야기를 객관적인 태도로 받아들이고 바로 보아야 합니다.

생각을 객관적으로 살펴보기 위해서 간단한 기록지를 활용해 자기 객관화 연습을 해보세요. 먼저 스트레스로 여겨진 사건과 그에 따른 결과(감정이나 행동)를 기록합니다. 이때 결과의 정도를 확인하기 쉽게 비율로 수량화합니다. 다음으로 사건에 대한 생각을 기록하고 그 생각을 믿는 정도를 비율로 표기합니다. 마지막으로 자신의 부정적인 생각을 합리적인 생각으로 전환하며 그 생각의 적절성 역시 비율로 표기합니다. 사건에 대한 부정적 사고를 합리적인 사고로 전환하게 되면 감정이나 행동에도 변화가 일어나 스트레스 정도가 줄어들고 자기 객관적 사고가 높아집니다.

생각을 통해서 세상을 보게 되면 마음 안에 무슨 일이 일어나는지 잘 인식되지 않습니다. 따라서 생각을 떼어놓고 보면서 '지금 무슨 생각이 일어나고 있는가'에 주의를 기울여봅니다. 부정적인 주제에서 맴돌다 보면 불쾌한 감정이 뒤따르게 되고 자칫 부적절한 행동이 나타날 수 있습니다.

우리는 가끔 어떤 사건에 대해 지나친 반응을 보이기도 하는데요, 이 경우 대개는 상황에 부여한 부정확하거나 터무니없는 해석들이 영향을 주는 경우가 많습니다. 평소 자신이 믿고 있는 바를 검토하거나 달리 생각해보지 않았다면 같은 반응을 반복할 수 있습니다. 자기의 생각을 정확하게 보기 위해서는 주의를 기울여야 합니다. 이를 통해 자신에게 도움이 되지 않는 생각을 발견했다면 각본을 수정해보세요. 생각 안의 비극적인 스토리를 그대로 두면 늘 해결할 수 없는 문제에 얽혀든 느낌이 들지요. 생각이 가리키는 방향으로 가는 것이 아닌 자신이 원하고 의미 있다고 여기는 방향으로 갈 수 있어야 견고하게 삶을 만들어나갈 수 있습니다. 삶의 소망이나 가치를 중지시키는 생각에서 벗어나도록 합시다. 아무리 옳다고 여겨지는 생각이라도 삶을 엉키게 한다면 소유하고 있을 가치가 없습니다. 과연 내가 지켜내야 할 것이 도움이 되지 않는 생각인지 원하는 삶의 방향인지를 잘 결정해보세요.

나를
사랑하기 위해
내가 해야 할 일

부정적 각본 수정하기

○ **연습 1**

생각 기록지에 따라 생각을 합리적으로 전환해봅니다. 특정 상황을 기록하고 난 후 감정과 생각의 내용을 살펴봅니다. 그런 다음, 부정적인 내용을 합리적인 사고로 수정합니다.

상황	감정 (0~100%)	부정적 사고 (0~100%)	합리적 사고 (0~100%)	결과
한 달 뒤에 있을 발표	불안 (90%) 두려움 (95%)	분명 실수할거야. 사람들이 비웃을 거야. (95%)	누구라도 실수할 수 있어. 다시 차분히 설명하자. (90%)	불안 : 40%로 감소 두려움 : 50%로 감소 새로운 감정 : 편안함 60% 자신감 55%

○ **연습 2**

1. 자신에게 괴로움을 주는 한 가지 생각을 기록해봅니다.

_____

2. 이 생각이 삶에 미치는 영향을 기록해봅니다.

감정 : _____

행동 : _____

가치 : _____

활력 : _____

3. 이제 그 생각을 가만히 관찰해봅니다. 생각의 내용이 무엇이든
마음대로 지나가도록 허용하면서 경험을 알아차려봅니다.

느낀 점 : _____

_____

_____

_____

유연한 완벽주의자의 길

우리는 흔히 완벽주의자라고 하면 호의적으로 보기보다는 상대하기 까다로운 사람으로 여깁니다. 그러나 실제 일을 처리하거나 어떤 계획이나 목표의 성취에서는 자신이나 타인이 완벽하게 해내길 기대하곤 합니다. 어떤 일을 꼼꼼히 책임감 있게 처리하는 성격 특성이 있다면, 자신이나 주변의 만족은 커지겠지만 지나치면 융통성이 부족할 수 있습니다. 대개 완벽주의자들은 일상에서 자기 통제감을 중요하게 여깁니다. 그러다 보니 휴일을 쉬면서 즐기라고 하면 오히려 불안을 느끼기도 합니다. 쉴 때도 무의미하게 보내는 것을 원치 않는지라 이내 어떻게 쉴 것인지를 계획하려 듭니다. 이는 즉흥적이고 충동적으로 무엇인가를 하기보다는 계획적으로 시간을 관리하기를 선호하기 때문입니다. 그러나 예외 상황에 따른 유연성을 지닌다면, 완벽주의자들에게 부족한 점을 보완할 수 있어 삶의 질이 높아지겠지요. 그렇다면 유연한 완벽주의가 되기 위해서는 어떻게 해야 할까요?

완벽주의자가 나아가야 하는 길

완벽주의자는 대개 자신의 원칙과 규칙에 완고한 면이 있습니다. 이 점이 어떤 일을 어긋나지 않게 하는 강점이 되기도 하지만, 일과 관계에 모두 경직된 원칙을 적용하면 주변과 멀어지는 결과를 초래할 수 있습니다. 이에 완벽주의적인 특성이 잘 쓰일 수 있는 활동을 면밀히 구분할 수 있어야 합니다. 만일 완벽주의적인 특성이 우세하다면 일과 관계를 별도로 두고 일 처리는 꼼꼼하게 하되 관계 소통에서는 관대함을 유지하세요. 반면에 완벽한 면이 부족하다면 일을 처리할 때 자기 동기 강화와 시간 관리 계획을 잘 세울 필요가 있습니다. 대개는 시간을 계획하는 것은 어렵지 않게 여기나 끈기 있게 해내지 못하는 경우가 많아 자기 격려를 촉진하기 위한 노력이 필요합니다.

우리는 자신의 고유한 성격 특성을 일과 관계 모두에 일관되게 적용하는 경우가 많습니다. 이런 점이 심리적 경직성을 만드는 요소입니다. 심리적 유연성은 자신의 성격 특성을 상황별로 잘 조절할 수 있을 때 발휘됩니다. 만일 어떤 성격이든 심리적 유연성이 더해진다면 대단히 기능적인 면모를 갖추게 됩니다. 심리적 경직성에서 유연성으로의 전환은 자신의 성격을 어느 상황이든 일관되게 적용하지 않는 데서 시작됩니다. 자기 일관성에 대한 지향이 크면 오히려 상황에 맞지 않는 부적절한 고집스러움이 될 수 있으니 주의해야 합니다. 일관성의 원칙에만 따르면 상황에 적합하지 못하거나 공감받지 못하는 일이 빈번해질 수 있으니까요.

기능적 완벽주의와 역기능적인 완벽주의

완벽주의의 특성을 구분하자면 기능적 완벽주의와 역기능적인 완벽주의가 있습니다. 기능적 완벽주의자는 심리적 유연성을 또 다른 성장의 조건으로 보고 자신을 발전시켜 나갑니다. 어떤 일을 시작할 때 체계적인 계획과 원칙을 유지하면서도 성장 욕구가 높은 편인지라 기존의 원칙을 깨야 할 때는 기꺼이 전환하는 모습을 보입니다. 그러다 보니 다양한 도전과 변화를 선택하는 경향이 있습니다.

기능적 완벽주의자	역기능적 완벽주의자
원칙 못지않게 성장 욕구가 높아 다양한 도전과 변화를 두려워하지 않는다	스스로의 특정 기준이나 조건이 중요하다. 경직된 사고가 두드러지고 융통성이 부족하다.

  그렇다면 기능적 완벽주의자와 구분되는 역기능적 완벽주의자의 성격 특성은 무엇일까요. 이들은 세부적인 사항에 집착하여 시간을 허비하는 경향이 있습니다. 자신이 만족할 때까지 특정 기준이나 조건에 얽매이다 보니 오히려 일의 지연이나 차질이 생기곤 합니다. 특히 문제해결에 있어 대안적 전략을 구성하지 못하는 경직된 사고가 두드러지게 나타납니다. 따라서 상황을 처리하는 방식에서 융통성이 부족할 수 있는데요. 이에 여러 관점으로 생각해보는 노력과 다른 사람의 효율적인 대처 방법을 자신에게도 적용하며 변화를 모색해볼 필요가 있습니다. 또한 대인관계에서 감정 표현이 서툴고 타인의 평가에 민감한 경향이 있어 사소한 일로도 심리적 회복이 더딜 수 있기에 각별한 주의가 필요합니다. 이는 다른 사람에게 인정이나 존중을 받고자 하는 강한 욕구에 기인합니다. 그러니 평가에 대한 취약성을 살펴서 자신 안의 좋은 부분을 발견해가며 자기 존중과 인정을 스스로 채워가도록 합니다. 자신에게 적절한 에너지

를 주지 않으면 타인의 한마디에도 쉽게 무너질 수 있습니다.

우리가 자신의 고유한 성격 특성을 지금보다 유연하게 운영한다면, 삶을 더 충만하게 할 경험들이 늘어날 것입니다. 자신의 성격 안에서만 살게 되면 일상의 풍요로움을 놓칠 수 있습니다. 굳어진 성격의 틀 밖으로 나와서 유연하고 기능적인 완벽주의가 되어보면 어떨까요. 일이나 관계에서 느끼는 심리적 만족감이 전보다 커지지 않을까요?

나를
사랑하기 위해
내가 해야 할 일

역기능적 완벽주의 탐색하기

다음은 역기능적 완벽주의의 주된 특성입니다. 자신에게 해당이 되는 내용이 있다면 기능적인 대안적 사고나 행동으로 전환해봅니다.

∘ 일단 일을 시작하고 나면 끝을 내야만 마음이 놓인다.

대안적 사고(행동) : _____

∘ 모든 일을 완벽하게 하는 것이 나에게는 매우 중요한 일이다.

대안적 사고(행동) : _____

∘ 내가 하는 모든 일은 최고 수준이여야 한다.

대안적 사고(행동) : _____

∘ 더 나아지려고 노력하지 않는 사람들을 보면 참기 힘들다.

대안적 사고(행동) : _____

∘ 내가 한 실수를 발견하게 되면 매우 속이 상한다.

대안적 사고(행동) : _____

∘ 나 자신에게 매우 높은 기준을 부여한다.

대안적 사고(행동) : _____

∘ 나는 학업에서나 일에서나 항상 성공해야만 한다.

대안적 사고(행동) : _____

∘ 나는 일들이 느리게 진행되거나 계획대로 처리되지 않을 때 화가 난다.

대안적 사고(행동) : _____

∘ 어떤 일을 잘 해내지 못했을 때 스스로를 심하게 책망한다.

대안적 사고(행동) : _____

∘ 나는 중요한 결정을 해야만 할 때 지나치게 고민하느라 의사결정이 지연된다.

대안적 사고(행동) : _____

∘ 일의 계획이 갑자기 변경되거나 예측하지 않은 일이 생길 때는 매우 당혹스럽다.

대안적 사고(행동) : _____

∘ 휴일에도 무언인가를 하지 않으면 왠지 마음이 불안하다.

대안적 사고(행동) : _____

관계를 망치는 습관을 다루는 법

우리는 인생에서 여러 관계를 맺고 살아갑니다. 타인에게 인정과 지지를 받기도 하지만 상처를 받기도 합니다. 누구나 대인관계에서 유연하고 유능한 모습이길 바라는 마음이 있지만 기대와는 다른 결과에 늘 실망하고 후회하지요. 원만한 대인관계는 심리적 안정감과 삶의 만족을 주지만 일순간에 깨져버리면 오래도록 심리적 회복이 어렵기도 합니다. 소속감에 대한 욕구는 인간의 기본 욕구 중 하나로써 오랜 시간 충족되지 않으면 정신건강에 영향을 줍니다. 관계에 대한 선행 연구를 보면, 주변 사람들과 의미 있는 상호작용을 하는 사람들이 상대적으로 고립된 삶을 살아가는 사람들에 비해 행복감과 삶에 대한 만족감이 높은 것으로 나타났습니다. 또한 여러 행복 연구 결과 긍정적이고 따뜻한 인간관계는 높은 수준의 안정감을 주고, 타인과의 관계 부재는 외로움과 절망감, 심지어는 무력감을 준다고 합니다.

나의 관계 태도 점검하기

좋은 관계를 유지하기 위해서는 대인관계 기술뿐만 아니라 상대를 있는 그대로 존중하고 수용하는 태도가 중요합니다. 평소 다른 사람에게 존중받고자 하는 정도의 친절함을 상대에게 보인다면 알맞은 관계를 유지할 수 있을 텐데요. 상대방의 욕구와 자기 욕구 간의 균형이 깨지면 갈등이 생길 수밖에 없습니다. 모든 대인관계는 자신이 원하는 것과 상대방이 원하는 것 사이의 심리적 항상성恒常性을 유지하는 것이 중요합니다. 만일 자신이 원하는 것을 얻는데 치우쳐 있고, 상대방을 위해 해야만 하는 것에는 관심을 두지 않는다면 욕구 간 갈등으로 인해 관계는 파국에 이를 수 있습니다. 간혹 심리치료 중에 대인관계 불만족을 호소하며 "상대가 나를 맞춰주지 않을 때 화가 난다"라며 불만을 토로하는 경우가 있습니다. 저는 "왜, 항상 상대방이 그래야만 할까요?"라고 질문을 하는데요, 선뜻 답을 내놓지 못하는 경우가 많습니다. 자신의 욕구에 몰두하다 보면 상대가 어떤 상황에 놓여 있는지 알아차리지 못하게 됩니다. 그렇기에 원만한 관계를 원한다면 자신의 관계 태도를 먼저 돌아볼 필요가 있습니다. 혹여 상대방의 욕구를 좌절시키며 관계를 유지하고 있는 것은 아닌지, 공감을 원하지만 정작 관심을 빼앗는 행동이 반복되는 것은 아닌지, 과도한 자기 헌신으로 관계를 지켜내는 것은 아닌지에 관한 객관적인 이해가 필요합니다.

수동적 유형과 공격적 유형

비효율적인 관계 태도는 크게 두 가지 행동으로 구분됩니다. 바로 수동적 행동과 공격적 행동입니다. 수동적인 행동은 자칫 안전한 관계 패턴으로 느껴질 수도 있습니다. 상대가 응하는 방식으로 대처하기에 관계 갈등에 대한 두려움이나 염려가 낮아지는 효과가 있습니다. 그러나 장기적으로 볼 때 수동성은 자신의 욕구를 억제하는 역기능적인 희생을 초래하여 욕구 결핍으로 인한 불만이 쌓이게 됩니다. 수동적 관계가 지속될수록 무기력과 우울과 같은 감정에 빠질 수 있고 그 관계가 참을 수 없는 지경에 이르러서야 문제가 드러나는 경향이 있어 시의적절한 해결을 놓치게 됩니다. 이와 대조적으로 공격적인 행동 패턴을 지니는 경우 평가와 통제가 갈등의 원인이 됩니다. 다른 사람을 평가하며 자신의 기준에 맞지 않을 때는 강하게 불만을 표출하거나, 자신이 정한 방식대로 되어야 한다는 믿음으로 인해 상대를 구속하니 자칫 폭력적인 관계로 이어질 수도 있습니다.

나는 어떤 관계를 원하는가

대인관계 패턴이 반드시 극적이지 않더라도 관계 효율성을 증진하기 위해서는 자신의 관계 가치를 파악하는 것이 필요합니다. 자신이 원하고 기대하는 의미 있는 관계를 유지하기 위한 방향을 설정하고 구체적인 행동을 통해 실현해봅니다. 또한 상대방이 중요하게 여기는 가치를 수용하는 관대함도 필요합니다. 만일 상대방이 중요시하는 가치에 관심이 없거나, 자신의 가치와 맞지 않는다고 비난하거나 무시한다면 가치 간의 충돌로 인한 갈등이 지속될 것입니다. 자신의 욕구를 조금만 줄이면 관대함은 절로 일어납니다. 서로에게 상충되는 가치가 있다면 가치 갈등을 줄이기 위한 대안을 마련해가며 서로 간의 조화를 이뤄보면 어떨까요.

대인관계 갈등이 일어날 때마다 반복되는 자신의 위기 신호를 탐색하는 것이 중요합니다. 정서적이든 신체적이든 위기 때마다 나타나는 특정한 시그널을 이해하면 긴장이나 갈등이 야기될 때 자기 조절에 도움이 됩니다. 대인관계를 잘 해내기 위해서는 기술 훈련도 필요합니다. 그러나 근본적인 자기 욕구나 관계 방향조차 찾지 못한다면 반복적인 문제가 야기될 것입니다. 자기 이해를 통해 새로운 변화를 이루기까지는 시간이 걸릴 수 있습니다. 그렇지만 완벽하진 않더라도 꾸준하게 실천한다면 더 행복하고 건강한 내일을 열 수 있을 것입니다.

나를 사랑하기 위해 내가 해야 할 일

수동형 유형과 공격형 유형 탐색하기

최근 주변 사람과의 상호작용을 생각해보고, 자신의 행동 유형에 해당이 되는 항목에 표시합니다.

☐ 1. 내가 좋아하지 않는 일이라도 상대에게 맞추는 편이다.

☐ 2. 갈등이 발생 될 수 있을지라도 옳다고 생각되면 즉각적으로 표현하는 편이다.

☐ 3. 사람들이 어떤 말이나 행동을 해도 의견을 잘 내지 못한다.

☐ 4. 다른 사람이 나의 기준에 맞아야만 가까이하는 편이다.

☐ 5. 항상 다른 사람의 욕구와 기분을 민감하게 알아차리려고 노력한다.

□ 6. 내가 원하는 것을 얻기 위해서는 강하게 감정이나 행동을 드러내는 편이다.

□ 7. 갈등이 생기면 주로 다른 사람의 의견에 따르는 편이다.

□ 8. 사람들이 합리적인 방식으로 행동하지 않는다고 느끼면 주로 개입하는 편이다.

□ 9. 기분이 상할 수 있는 말을 하기보다는 참는 편이다.

□ 10. 주변 사람들이 기대에 미치지 못하는 것을 참기 힘들다.

□ 11. 다른 사람으로 인해 불편해지더라도 의견을 잘 말하지 않는다.

□ 12. 상대방이 나의 욕구를 이해하지 못하거나 알아차리지 못하면 화가 난다.

만약 홀수에 표시하는 경향이 있다면 수동적 문제해결 유형입니다. 반대로 짝수에 표시했다면 공격적 문제해결 방식을 사용하는 경향이 있습니다.

합리화라는 방어기제에서 벗어날 것

어떤 행동을 한 후에 비난이나 자책을 피하고자 그럴듯한 구실을 만들어 행동을 정당화하는 경우가 있습니다. 이는 자기보호를 위한 부적응적 방어기제인 '합리화rationalization'에 해당하는데요, 합리화란 일종의 '이유 대기'입니다. 이는 적절한 이유를 들어 자신의 결정을 받아들일 만한 수준으로 바꿔버리는 것을 말합니다. 합리화는 자존감을 보호해주는 강한 심리적 보상이 있어 반복되는 경향이 있습니다. 그러다 보니 점차 비논리적인 사유를 합리적인 것으로 여기게 되면서 그릇된 행동이지속되는 것이지요. 개선이 필요한 행동임에도 합리화를 이용해 문제를 피한다면 성격으로 고착되어 변화가 어려울 수 있습니다.

합리화의 위험성

'이유 대기'는 대인관계에서도 기본적인 신뢰를 무너뜨리는 대표적인 방어기제입니다. 항시 갈등이나 문제가 일어날 때마다 자기 정당화를 하게 되니 상대방은 관계에서 정신적인 소진을 겪게 됩니다. 합리화의 위험성은 정신적 학대나 신체적 폭력을 가하고 있으면서도 자기 정당화가 반복되는 문제를 갖고 있습니다. 만일 다른 사람이 폭력적 행동을 변명하며 자기 정당화에 급급하다면 그 관계는 거리를 두거나 벗어나야 합니다. 우리는 '합리적 사고'와 '합리화 기제'를 혼동합니다. 합리적 사고는 일어난 그대로를 인정하며 객관적으로 문제를 해결하는 처리방식입니다. 그런데 합리화 기제에서는 '인정'이 아닌 '부인'하는 방식이 나타나고, '객관적'인 문제해결이 아닌 '주관적'으로 해결하려 들기에 자신의 행동을 당연시합니다. 자기 합리화에 빠지면 그만큼 자기중심적 태도가 커지니 주변에 대한 인식도 낮아지고 행동 변화도 어렵게 됩니다.

남 탓을 하는 이유

우리는 간혹 이유 대기를 하나의 습관으로 여기며 가볍게 생각하는 경우가 있습니다. 일부 성격장애에는 대표적인 방어기제로 합리화가 자리 잡고 있는데도 말이지요. 삶의 문제를 합리화 기제로 대처하다 보니 문제의 원인을 다른 사람에게 돌리는 일종의 '남 탓'이 빈번합니다. 어떤 문제를 해결하려면 자신과 타인 및 상황적 요소를 객관적으로 볼 수 있어야 하는데, 타인이나 상황으로 원인을 돌리니 늘 세상에 대한 불만이 쌓이게 되지요. 그러니 항시 마음이 편할 날이 없고 짜증이나 분노와 같은 감정을 떨치기 어렵습니다. 우리가 잊지 않아야 할 점은 대처의 효율성입니다. 원치 않는 일이야 언제든 일어날 수 있지만 어떻게 대처해 나가는가에 따라 문제는 더욱 커지기도 하고 지속되기도 합니다.

스스로를 객관적으로 바라보고 인정한다면

합리화 기제를 잘 다루기 위해서는 자신에게 일어나는 반복적인 문제행동을 직면하고 인정할 수 있어야 합니다. 이때 '직면'과 '인정'을 고통스럽게 받아들이지 않도록 합니다. '직면하기'는 자기 객관화를 위한 의미 있는 시작이고, '인정하기'는 변화를 위한 첫걸음입니다. 자기 발전을 위한 과정에 위축되거나 염려하지 마세요. 다음에는 주로 어떤 상황에서 자기 정당화를 하게 되는지 구체적으로 살펴봅니다. 정서적 위안이 필요할 때인지, 스트레스가 가중될 때인지, 타인의 지지가 필요할 때인지 마음속 숨은 감정을 찾아봅니다. 나아가 합리화 기제의 근거가 되는 생각의 논리를 탐색해봅니다. 최근 합리화 방어가 일어났던 상황을 떠올려보고 당시의 감정이나 생각의 논리를 객관적으로 살펴보세요. 나아가 합리화를 통해 얻게 된 득과 실을 단기적, 장기적으로 검토하고 각 과정을 대처하기 위한 대안적인 방법을 마련합니다.

합리화 기제는 흔히 사용되는 방어기제이긴 하지만, 반복적으로 사용하면 특정 문제가 지속될 수 있습니다. 또한 습관적인 이유 대기는 자신뿐만 아니라 타인과의 관계를 어긋나게 하는 삶의 문제가 될 수 있기에 합리적인 대안이 필요합니다. 우리는 얼마든지 자신에게 도움이 되는 선택을 할 수 있고 기회는 언제든 주어져 있습니다. 자기 정당화의 길을 걷고 있다면, 이제 삶을 통해 실현하고자 하는 방향대로 새로운 길을 만들어 나가 보세요.

자기 합리화 다루기

○ '이유 대기'를 하게 되는 상황은 언제인가요?

상황 1. _____

상황 2. _____

상황 3. _____

○ 합리화 기제가 장기적·단기적으로 미치는 영향은 무엇인가요?

단기적 : _____

장기적 : _____

○ '직면하기'를 통해 변화를 이루고자 하는 상황을 기록해보고, 방해요인을 다루어봅니다.

직면하기 : _____

방해요인 : _____

나를 틀 안에 가두지 않는 법

우리의 자기개념^{self-concept}은 생후 약 18개월에서 24개월 경에 발달합니다. 이때는 자기 인식의 수준에 머무르기에 자기개념이 명확하게 형성되지는 않습니다. 차츰 대상과의 관계를 비롯한 여러 경험을 하게 되면서 자기 이해나 타인의 평가를 통해 자신에 대한 구체적인 개념이 형성됩니다. 자기개념은 '나는 ~한 사람이다'와 같은 자기 평가를 말하는데요, 자기개념은 부모와 주변의 의미 있는 관계로부터 형성되며 문화적 영향을 받기도 합니다. 사회문화적 가치가 개인의 자기평가에 영향을 주는 경우가 있는데, 가장 대표적인 것이 바디 이미지입니다. 자기개념은 자신의 성격이나 태도 및 행동에 대한 믿음이 어떠한가에 따라 견고하기도 하고 불안정하기도 합니다. 자기개념이 지나치게 견고해도 개념적 틀에서 벗어나지 못하는 문제가 생기고, 불안정한 경우는 타인이나 상황의 영향을 자주 받게 되니 자신에 대한 혼란이 생깁니다.

자기개념의 발전

자기개념은 발달 시기에 따라, 사회적 경험에 따라 점진적으로 변화되어 갑니다. 아동기의 자기개념은 단편적인 자기 인식에 의존하기에 '나는 누구인가'에 관한 질문을 받으면 "나는 아홉 살이고, 남자이고, 이름은 ○○이야. 나는 엄마와 아빠 그리고 피피(강아지)와 살아"라고 설명합니다.

그러나 자라는 동안 사회적 관계를 맺으면서 타인에 대한 의식이 생깁니다. 이때는 다른 사람이 자신을 어떻게 보는가에 신경을 쓰기 시작합니다. 이 시기에는 '나는 누구인가'에 관한 질문에 "나는 도전적이고 호기심이 많아. 혼자 있기를 좋아하지만, 사람들과도 잘 지내. 나는 보수적이지만 진보적이기도 해"와 같은 진술로 바뀝니다. 다양한 경험이 쌓여 자기 이해의 폭이 넓어지면서 자기개념이 풍성해지기도 하지만, 다른 사람에게 좋은 인상을 주고자 하는 동기에 의해서 자신을 단편적으로 규정하지 않거나 긍정적인 진술로 설명하기도 합니다.

자기개념과 가치와의 연결성

자기개념이 발달상에서 변하지만 자신이 중요하게 여기는 핵심 가치와 연결되는 자기개념은 시간이 흘러도 변하지 않는 경향이 있습니다. 다양한 자기개념을 지니고 사는 것은 문제가 되지 않습니다. 사회적 역할이나 활동 범위에 따라 여러 자기개념을 지닐 수 있으니까요. 다만 자기개념에 집착하게 되면 이때는 자기의 정신을 옭아매는 덫이 될 수 있습니다. 특정한 자기개념을 지나치게 고수하게 되면 그 내용 밖의 것을 받아들이지 못하거나 자기개념에 어긋나는 상황을 유연하게 대처하지 못하게 됩니다. 만일 자기개념을 문자 그대로 받아들여 '나는 ~인 사람이다'에 고착되어 있다면 그 내용이 오히려 자신의 삶을 구속하는 제한적 요소가 될 수 있습니다. 자기개념이 긍정적이든 부정적이든 간에 자신의 삶을 구속한다면 개념적 틀에서 벗어날 수 있어야 합니다.

자기개념의 과몰입이 불러오는 일들

자기개념에 집착하다 보면 다양한 경험과 가능성을 만들어 내지 못하게 됩니다. '나는 소극적인 사람이다'에 빠지면 심리적으로도 위축될 수 있고 다른 경험을 회피하는 결과가 나타날 수 있습니다. 또한 '나는 공정한 사람이다'에 사로잡히면 상황이나 맥락을 고려하지 못하고 '공정성'에 의해 판단하게 되니 융통성이 부족해질 수 있습니다. 절망적 사건이나 외상적 경험으로 '나는 희생자다'의 개념에서 벗어나지 못하면 우울증이나 대인기피와 같은 증상이 야기될 수도 있고요. 자기개념이 자기를 규정할 수는 없으니 문자적 내용에 얽매이지 않아야 합니다. 특히 최근에는 다양한 자기 탐색 질문지가 널리 적용되면서 '자기 유형화'에 관심이 커가고 있습니다. 그러나 내가 선택한 자기의 속성에 지나치게 몰두하게 되면 내가 지정한 나의 모습으로 인해 진짜 나를 만날 수 없게 됩니다. 내가 생각하는 틀을 버리고 내가 만들어낸 나를 떠날 때 진짜 나를 만날 수 있습니다. 조금 더 자신이 다양하게 경험할 있도록 마음도 기회도 열어놓아 볼까요.

우리의 경험은 매번 다양합니다. 그러니 자기개념의 변화에 유연해질 필요가 있습니다. 최근 들어 자존감이 자주 언급되며 마치 건강한 자기의 척도처럼 되었습니다. 자라는 동안에도 그러하고 사회적으로도 자존감을 무척이나 당연시한 역효과이기도 합니다. 자존감은 당면한 상황에 따라 낮아지기도 하고 높아지기도 합니다. 상황이나 맥락을 고려하지 않은 채 단지 자존감이 낮아진 상태에 집중하게 되면 우울해질 수 있습니다.

자존감 수준에 집착하기보다는 상황에 따라 자기 슬픔이나 절망을 보듬고 이전 상태로 되돌리기 위한 회복력에 집중하는 것이 건강한 대응입니다. 자신이 지키고자 하는 특정한 자기개념이 지나칠수록 마음의 괴로움도 그만큼 커집니다. 우리는 자기개념 이상의 존재이니 자기개념에 얽매이며 정신적인 자유와 삶의 자유를 빼앗지 않아야 합니다.

나를
사랑하기 위해
내가 해야 할 일

자기개념 탐색하기

○ **연습 1**

자신을 나타내는 개념을 기록해봅니다. 떠오르는 대로 기술해보고, 만일 특정한 자기개념이 떠오르지 않는다면 가까운 주변으로부터 자주 듣는 피드백을 기록해봅니다.

(예시)

나는 성실한 사람입니다.

나는 원칙적인 사람입니다.

나는 책임감 있는 사람입니다.

1. 나는 _____ 사람입니다.

2. 나는 _____ 사람입니다.

3. 나는 _____ 사람입니다.

○ **연습 2**

연습 1에서 기록한 자기개념이 삶에 미치는 영향을 각각 기록해봅
니다.

1. _____

2. _____

3. _____

지나친 낙관성이 문제가 될 때

우리는 흔히 부정적인 감정을 조절하면 긍정적인 감정이 회복될 거라고 생각합니다. 그러나 좋은 감정을 느끼기 위해서는 갖추어야 할 덕목이 있습니다. 긍정심리학자들에 의하면, 긍정적인 감정에는 '낙관성optimism'이 중요한 영향을 미친다고 합니다. 또한 낙관적인 태도를 실제로 실현할 때 주관적 안정감이 증진된다고 합니다. 낙관성이란 미래에 대한 긍정적인 기대와 희망을 말하는데요, 낙관성이 높은 사람들은 미래를 긍정적으로 바라보며, 타인에게도 수용적인 것으로 나타났습니다. 그러나 현실적인 노력이 없는 낙관성은 삶의 장벽이 되어 목표를 방해하는 요인이 될 수 있습니다. 이 경우는 대개 구체적인 계획이나 노력 없이 자기 예언적인 기대에 의존하는 경향이 두드러집니다. 이는 엄밀히 말하면 낙관성이라기보다는 자기 고양 상태라고 볼 수 있습니다. 일종의 조증^{mapic} 경향이라고 할 수 있는데요. 즉, 실제적인 능력이나 구체적인 목표가 없으면서도 성공에 대해 확신에 차 있는 상태를 말하는 것이지요. 우리는 새로운 도전을 앞두고 "잘 될 거야" 또는 "할 수 있어"와 같은 자기 격려로 용기를 불어넣곤 합니다. 자기 격려는 불안이나 긴장, 두려움 완화에 도움이 됩니다. 그러나 이상적인 포부만으로 잘 되기를 바란다면 이상화에 빠져 현실을 정확하게 바라보지 못합니다.

이상적 자기와 현실적 자기, 그 사이에서

심리학자인 칼 로저스는 '이상적 자기^{ideal self}'와 '현실적 자기^{real self}'와의 괴리가 클 때 부적응 상태에 놓인다고 보았습니다. 이상적 자기란 자신이 되고자 원하는 모습이며, 현실적 자기란 자신의 현재 모습에 대한 인식을 말합니다. 이상적 자기에 도달하기 위해서는 현실을 이상에 도달할 수 있도록 만들어나가는 노력이 필요합니다. 그러나 막연하게 잘 될 것이라는 자기 예견에 빠진 채 노력을 기울이지 않으면 이상적 자기에 도달하기 어렵습니다. 따라서 건강한 낙관성과 자기 고양 상태 간의 구분이 필요합니다. 자기 고양 상태에서는 자신이 하는 일은 다 잘 될 것이라는 비현실적인 기대에 빠져 충동적으로 행동하는 경우가 많습니다. 현실적인 고려 없이 성급하게 일을 시작하니 잦은 실패를 보게 됩니다.

막연한 자신감을 합리적인 자신감으로 만들기

심리치료 중인 한 내담자의 경우 충동적인 의사결정과 행동으로 인해 주변의 신뢰도 잃고 가족 갈등도 깊은 상태였습니다. 아버지와 함께 내원하였기에 두 분의 바람을 각각 들어보기로 했습니다. 아버지는 자녀가 심사숙고해서 결정하고 계획적으로 실천해나가기를 원했습니다. 그러나 내담자는 면담 내내 그간 운이 없었기에 실패했다고 하며 언젠가는 성공할 수 있다고 했습니다. 자기 확신이 뚜렷하여 언뜻 보기에는 패기가 넘치고 기백이 좋아 보이기까지 했습니다. 이후 내담자와 함께 그간의 실패가 거듭된 원인을 살펴보았습니다. 첫째, 자신의 강점과 약점을 잘 알지 못했고 그러다 보니 자신의 능력과는 먼일을 경험 없이 시작해버리는 일이 잦았습니다. 둘째, 목표에 다가가기 위한 구체적인 계획이 부족했고 주로 즉흥적인 결정에 의존하는 일이 많았습니다. 기분에 따라 행동하다 보니 좌충우돌하는 일이 빈번했습니다. 셋째, 성공에 대한 기대는 높지만 고통에 대한 감내 능력이 낮았습니다. 그러다 보니 끈기 있게 일을 해내지 못했습니다. 물론 이외에도 신경을 써야 할 부분이 많았지만 가장 필요한 핵심적인 부분을 중점적으로 개선해나가기로 했습니다.

내담자는 심리치료 동안 합의된 목표를 맞춰가느라 여러 번 포기하고픈 위기를 겪었지만, 그때마다 가족의 격려 속에 잘 극복해갔습니다. 그 결과 자신이나 가족이 원하는 뜻깊은 성과를 만들어낼 수 있었지요. 내담자는 치료 기간에 자신의 전공에 맞는 자격증을 취득했고, 경험 있는 사람들에게 일을 배우며 역량을 키워나갔습니다. 일하는 동안 적극적인 모습을 보이니 차츰 선배들에게도 신임을 얻어 좋은 멘토들이 여럿 생겼습니다. 내담자는 자신의 막연한 자신감을 합리적인 자신감이 되도록 노력했고 점차 이상적 자기에 가까운 삶에 다가가고 있었습니다. 지금도 가끔 클리닉을 찾아 마음 관리에 필요한 조언을 구하곤 하는데 자기 성장에 대한 동기가 상당한지라 이제는 치료자마저 생기를 얻을 정도입니다. 꿈을 그리는 것에서 그치는 것이 아니라 꿈을 만들어나가는 모습은 언제 보아도 아름답게 느껴집니다. 삶은 자기가 소망하는 바를 살펴나갈 때 손을 내밀어줍니다. 스스로 노력하니 자신뿐만 아니라 주변의 모든 일이 달라지니 말입니다.

이상적인 자기 목록 만들기

이상적으로 생각하는 자기의 모습을 구체적으로 생각해봅니다. 그
런 다음 이상적 자기에 다가가기 위한 실천 행동을 기록하고, 실제
적인 실현 가능성을 평가해봅니다(가능성이 낮은 행동은 재수정해
보세요).

이상적 자기 : _____

실천 행동 : _____ (가능성   %)

이상적 자기 : _____

실천 행동 : _____ (가능성   %)

이상적 자기 : _____

실천 행동 : _____ (가능성   %)

이상적 자기 : _____

실천 행동 : _____ (가능성   %)

이상적 자기 : _____

실천 행동 : _____ (가능성   %)

외로움을 삶의 일부로 받아들일 때 변하는 것들

삶에는 통제할 수 있는 것과 통제할 수 없는 것이 있습니다. 통제할 수 있는 것은 적극적으로 대응해나가면 되지만, 통제할 수 없는 것은 어떻게 대처해야 할까요. 실존 심리학자인 어빈 얄롬은 인간의 '고독'이란 피할 수 없는 삶의 고통이며 자신과 타인, 세상 간에는 근원적인 외로움이 존재한다고 보았습니다. 실존적 외로움은 누구나 경험하는 보편적인 마음의 괴로움입니다. 그러나 외로움에 집착하다 보면 오히려 괴로움을 더 키울 수 있습니다. 심리적 외로움은 심리치료 동안 자주 다루는 주제로서 많은 내담자들은 '쓸쓸하고 외롭다' '공허해서 견딜 수 없다' '항상 혼자라는 느낌이 든다'와 같은 마음의 상태에서 벗어나기를 호소합니다.

외로움, 다정하게 받아들인다면

외로움을 다루기 위한 가장 효과적인 방법은 이를 문제 삼기보다는 삶의 일부로서 받아들이는 것입니다. 오히려 외로움을 견딜 수 없는 것으로 여기며 어떻게든 느끼지 않으려고 애쓰면 더욱 몰두하게 되어 깊은 감정 상태에 빠질 수 있습니다.

외로움으로 인해 텅 빈 듯한 느낌이 들 때 이를 꽉 부여잡는 대신 부드럽고 다정한 태도로 외로움이 존재한다는 사실을 인정해보세요. 외로움을 채우려고 하기보다는 이 감정을 받아들인다면 불편감은 점차 사라질 것입니다. 결핍에 대한 마음의 집착을 내려놓아야 내면에 평화가 깃듭니다. 외로움에 집착하면 삶이 공허하게 느껴지고 애정에 대한 갈망이 깊어질 수도 있습니다. 외로움을 잘 돌보려면 그 감정을 인식하고 받아들이고 살피는 연습을 해보세요.

특정 감정에 몰입하지 않기

외로움이란 감정이 느껴질 때 나의 내면을 가만히 관찰해봅니다. 자신의 감정을 인식하는 동안 외로움을 하나의 마음 상태로서 받아들이며 자연스럽게 흘러가도록 둡니다. 평소 불편하게 여겼던 감정을 온전히 경험하는 데는 용기가 필요합니다. 불편함도 그간 길들여놓은 마음의 습관이니 자연스럽게 이해하며 애정 어린 마음으로 함께합니다. 또한 외로움과 함께 마음 안에 떠오르는 다른 감정이 있다면, 그것이 불안이든 슬픔이든 사랑이든 연민이든 일어나는 그대로를 인식하며 그냥 지나가도록 놓아두세요. 이러한 연습을 하게 되면 점차 특정한 감정을 혐오하거나 밀어내지 않으며 자애의 마음으로 경험하는 법을 배울 수 있습니다.

우리가 느끼는 외로움은 삶의 여러 조건 중 일부입니다. 그러니 소중하게 여기며 더욱 친절하게 감싸 안아봅니다. 어찌 보면 그간 우리에게서 오래도록 사랑받지 못했던 감정이 바로 외로움이 아닐까 싶습니다. 외로움이 느껴질 때 '지금 내 마음에 외로움이 있구나'라고 인식하며 감정이 드러나는 대로 자연스럽게 받아들이다 보면 편안하게 맞이할 수 있게 됩니다. 오히려 자신을 탓하며 '나는 왜 이렇게 외로운 것일까'를 생각하며 깊이 감정에 빠지다 보면 자기 동정심으로 인해 슬픔이나 우울감이 깊어질 수 있습니다. 어떤 감정이든 특별히 더 나은 감정이거나 덜한 감정은 없습니다. 이제는 외로움을 멀리하려고 하기보다는 함께하며 더욱 각별하게 맞이해보면 어떨까요.

외로움을 다루기 위한 전략 세우기

○ 여러 사람과 함께 있을 때 느끼는 외로움을 다루기 위한 나만의
전략을 세워보세요. (좋은 말이나 생각, 행동이나 활동 등)

첫 번째, 나는 _____

_____ 할 것이다.

두 번째, 나는 _____

_____ 할 것이다.

세 번째, 나는 _____

_____ 할 것이다.

○ 혼자 있을 때 느끼는 외로움을 다루기 위한 나만의 전략을 세워
보세요. (좋은 말이나 생각, 행동이나 활동 등)

첫 번째, 나는 _____

_____ 할 것이다.

두 번째, 나는 _____

_____ 할 것이다.

세 번째, 나는 _____

_____ 할 것이다.

두려움을 용기로 마주하기

우리에게는 더 나은 삶을 향한 욕구와 소망이 있습니다. 우리가 날마다 애쓰는 이유도 삶의 웰빙과 안전함, 만족감 등을 얻기 위한 수고일 거예요. 이에 인생을 통해 실현하고자 하는 크고 작은 목표를 향해 분주하게 살아갑니다. 심리적 안녕감에 관한 연구를 보면, 자신이 원하는 목표를 이루어가는 과정은 그 자체만으로도 삶의 활력을 준다고 합니다. 또한 원하는 바를 실제로 이루었을 때 느끼는 성취감은 자신감과 자기 효능감에 영향을 주어 더 많은 어려운 도전을 가능하게 한다고 해요.

실패를 현명하게 받아들이는 법

목표를 달성하는 과정에서 모든 상황이 순조로운 것은 아닌지라 계획한 대로 결과가 보장되는 것은 아닙니다. 아무리 노력을 해도 여러 원치 않은 결과가 일어나곤 하니까요. 비록 달가운 일은 아니지만 피해갈 수도 없습니다. 힘겹더라도 실패의 결과를 마주할 수 있어야만 다른 어려움이 와도 극복해낼 수 있고, 경험을 통해 배우는 기회를 만들 수 있습니다. 그러나 실패의 결과에 지나치게 연연하다 보면 문제를 딛고 일어설 힘을 잃게 됩니다. 간혹 강하게 자신을 질책하며 앞으로의 실패를 예방하고자 하는 경우가 있습니다. 그러나 온전히 문제에만 초점을 두고 자책하게 되면 오히려 자신감이 낮아지고 두려움이 커져 헤쳐나갈 용기를 잃어버릴 수도 있습니다.

참됨 강함은 두려움을 용기로 마주할 때 일어납니다. 고통스러운 감정은 피하려고 할 때 더 큰 괴로움이 됩니다. 우리의 마음이 무엇을 붙잡는가에 따라 삶은 더욱 견고해지기도 하고 허망해지기도 합니다. 용기는 두려움을 적극적으로 감싸 안는 마음으로서 자신을 향한 선한 의지라고 볼 수 있습니다. 용기를 내는 일의 첫걸음은 원치 않는 결과나 피하고 싶은 마음을 바로 보는 것입니다. 바로 본다는 것은 자신의 두려움이나 초조함을 인정하는 것이지요. 과연 나는 무엇을 두려워하는 걸까요? 오히려 그 두려움을 솔직히 인정해주세요. 그런 후에, 두려움과 함께 한 발짝 앞으로 나아가보세요. 용기는 두려움을 끌어안을 때 빛이 납니다. 용기에는 일정 수준의 고통이 존재합니다. 용기란 두려움을 뒤로 하는 것이 아니라, 두려움과 함께 하는 마음이란 걸 잊지 마세요. 오히려 마음의 괴로움을 떠안을 때 용기를 절로 일어난다는 사실을 명심하세요.

나를 위해 행하는 선한 영향력이 용기다

우리 삶의 주체는 자신이기에 과정과 결과에 따른 역할을 온전히 수행할 수 있어야 합니다. 용기란 자신을 위해 행하는 선한 영향력입니다. 그러니 실패의 결과를 두고 자신과 다투기보다는 자신의 경험을 인정하고 받아들여 보세요. 심리치료를 마친 한 내담자의 경우 오래도록 노력한 일이 기대한 성과로 이어지지 않자 깊은 우울감에 빠졌습니다. 치료 초기에는 "모든 일이 잘될 줄 알았어요"라는 말을 하며 내내 슬픔을 가누기 어려워했습니다. 그러나 온전히 경험을 받아들이고 난 후에는 "모든 걸 인정하고 나니 지금 이 상태로도 괜찮다고 느껴져요"라고 편안하게 이야기합니다. 심리치료 동안 내담자는 일의 준비와 시작, 과정 동안의 노력, 결과로 인한 좌절의 전 과정을 고르게 마주보았습니다. 자신에게 일어난 일을 그대로 인정하며 주어진 일에 대한 역할을 다했음을 알게 되었고, 어떤 부분을 받아들이지 않고자 하는 마음의 고통을 내려놓았습니다. 치료 종결을 앞두고 그는 이렇게 말했습니다.

"삶에서 제가 해야 할 일이 무엇인지 잘 알게 되었어요. 특히 자신에게 무엇을 해야 하는지도요."

자신의 경험을 더 큰 통찰로 이루어낸 그분의 미소와 깊은 눈매는 여전히 기억에 남습니다. 우리 내면의 삶이 변해야 모든 일이 변합니다. 우리는 어떤 용기로 오늘을 살고 있나요?

나를 사랑하기 위해 내가 해야 할 일

변화를 위한 '기꺼이 경험하기' 기록

○ 현재 자신에게 변화가 필요한 부분이 있다면 무엇일까요?

_____

_____

∘ 자신의 변화를 가로막는 괴롭히는 생각은 무엇인가요?

_____

_____

∘ 자신의 변화를 가로막는 괴로운 감정은 무엇인가요?

_____

_____

∘ 자신의 변화를 위해 무엇을 기꺼이 받아들이면 좋을까요?

나는 기꺼이 _____

나는 기꺼이 _____

나는 기꺼이 _____

나는 기꺼이 _____

나는 기꺼이 _____

스스로에게 좋은 사람이 되는 법

우리는 사는 동안 다양한 사람들과 관계를 맺으며 살아갑니다. 이들 중에는 삶에 있어서 중요한 의미를 지닌 관계가 있습니다. 이들과는 강한 유대관계가 형성되어 특별한 관계가 오래도록 유지됩니다. 위기 상황에서 도움을 준 사람, 가치관을 공유하는 사람, 정서적인 위안을 주는 사람들은 특별합니다. 그리고 좋아하는 사람들과의 공간은 삶을 견고하게 채워줍니다. 물론 사람마다 의미를 두는 기준이 다르겠지만, 자신이나 삶의 방향에 긍정적인 영향을 주는 사람과의 관계는 마치 여행을 마치고 집에 돌아온 듯한 평온함으로 정신적인 풍요를 느끼게 해줍니다.

상대방의 감정 존중하기

의미 있는 대상과의 안정적인 관계는 삶의 질을 높이지만 자칫 의미를 찾고자 지나치게 집착하면 작은 갈등에도 불만족이 생겨 오히려 문제를 키울 수 있습니다. 자신이 타인에게 의미 있는 존재이길 바라는 마음이 크다 보면, 정작 타인에게 의미 있는 사람이 되려는 노력에는 소홀해질 수 있습니다. 주변과의 참된 연결은 스스로 먼저 좋은 사람이 될 때 비로소 일어납니다. 누구에게나 고르게 존중을 한다면 좋은 사람으로 기억되지 않을까요. 상대방의 감정은 대수롭지 않게 여기며 자기 만족에만 집중한다면 누군가를 마음 힘들게 하거나 돌아서게 하는 원인이 될 수 있습니다.

대인관계에서 자신의 불편함에 초점을 맞추며 조금이라도 어긋나면 견디질 못하거나, 다른 사람의 결점을 찾아내 불만을 표출한다면 크고 작은 문제가 지속될 것입니다. 더욱이 타인에게 비판적이며 싸우기를 좋아하고 마음에 들지 않는다고 감정적으로 대한다면 만나는 관계마다 무너져내릴 것입니다. 만일 어느 날 다른 사람의 결점만을 찾고 있는 자신을 발견하거든 마음의 어리석음을 경계하고 이를 걷어내기 위해 노력해야 합니다. 간혹 내담자가 "전 다른 사람의 결점이 눈에 잘 들어와요"라고 말하는 경우가 있습니다. 늘 주변 사람들이 마음에 들지 않고 심지어 어떤 모습에는 혐오감이 든다고 합니다. 혐오감과 같은 극단적인 감정 속에 있으니 내면이 소란스러울 수밖에 없지요. 그런데 누군가는 다른 사람의 좋은 면이 먼저 눈에 들어오고 장점을 찾아내서 말해주기도 합니다. 이들의 마음에 피어나는 긍정 에너지는 머무는 자리를 환하게 밝힐 것입니다.

다른 사람의 행동을 주시하며 문제점을 찾다 보면 '선택적 주의selective attention'의 결과로 주의 편향이 일어납니다. 이러한 습관이 반복되면 매사 치우친 관점으로 세상을 보게 되는데요, 이러한 경향이 있다면 의도적으로 다른 사람의 사소한 장점을 발견해내는 노력을 기울여보세요. 나아가 일상에서도 긍정적인 순간에 주의를 기울이며 그 경험을 충분히 느껴봅니다. 균형 있게 생각해야 모든 일에 치우침이 없습니다. 다른 사람을 볼 때 어떤 시선으로 보는가를 관찰해보면 아마 마음의 불편함이 어디에서 비롯된 것인지 알게 될 것입니다. 만일 우리의 일상에 사소한 친절함이 더해진다면 어떤 일이 일어날까요? 오늘 하루, 따뜻한 미소로 주변을 맞이해보면 어떨까요.

친절한 자기 연습

○ 관계 습관 다루기

1. 여러분은 대인관계에서 어떤 사람이길 바라나요?

나는 _____

나는 _____

나는 _____

나는 _____

나는 _____

2. 1번 문항의 내용을 실제로 실천할 수 있는 구체적인 행동을 계획해 봅니다.

구체적인 행동 : _____

구체적인 행동 : _____

구체적인 행동 : _____

구체적인 행동 : _____

구체적인 행동 : _____

○ 화난 자기 관찰하기

편안하게 앉아 눈을 감고 들이쉬고 내쉬는 호흡을 따라가면서 몸의 긴장을 이완합니다. 이제 화가 나 있는 자신이 모습을 이미지로 떠올려봅니다.

· 다른 사람에게 어떤 표정을 짓고 있나요?
· 어떤 목소리로 말하고 있나요?
· 화난 자기를 보는 동안 마음은 어떤가요?
· 자신의 화난 모습이 어때 보이나요?
· 화난 자기를 마주하는 상대방의 마음은 어때 보이나요?
· 자신은 과연 화난 자기와 함께 있기를 원하나요?

'화난 자기'의 마음속 의도를 천천히 느껴봅니다. 이 상태에 머물면서, 자신의 모습을 보는 동안 일어나는 다른 느낌이나 체험을 알아차려 봅니다. 이제 다시 한 번 편안히 호흡하며 눈을 뜨고 필요하다면 천천히 스트레칭을 합니다.

연습을 통해 느낀 점 : _____

_____

핵심 감정 돌보기

여러분이 평소 자주 느끼는 감정은 무엇인가요? 일상을 바쁘게 지내다 보면 자신의 감정을 면밀하게 파악하고 이해하기 어려울 수 있습니다. 감정의 종류는 다양하지만, 우리가 주로 느끼는 감정은 극히 일부분일 수 있습니다. 특히 표면적으로 표현되는 감정은 쉽게 인식이 되지만 마음속 깊은 감정은 잘 알아차리기 어려워 지나치게 되는 경우도 많고요. 우리의 마음 안에는 일과 관계 전반에 영향을 미치는 표면 아래의 숨겨진 감정이 있습니다. 이를 '핵심 감정'이라고 합니다.

핵심 감정은 어린 시절 부모나 주양육자와의 관계에서 느낀 경험을 통해 형성됩니다. 특히 어린 시절 부모와의 관계에서 느낀 좌절이나, 의미 있는 대상으로부터 거절과 거부, 무관심이나 수용받지 못한 경험들은 핵심 감정의 뿌리가 됩니다. 핵심 감정은 다른 감정의 가지를 만들어내며 마음 안에 자리하게 되는데요, 미해결된 감정은 무의식에 남아 자라는 동안 생각이나 태도에 영향을 미칩니다. 가령, 어린 시절부터 미해결된 감정이 외로움이라면 다른 사람과의 관계에서 외로움을 덜고자 애쓸 수 있고, 형제간에서 관심을 덜 받았다면 타인이 주목받는 상황에서 질투와 적개심을 느낄 수 있습니다. 또한 사랑의 결핍을 채우지 못했다면 주변의 지지와 사랑에 민감한 행동을 보일 수 있습니다.

나는 무슨 생각을 하고 어떤 감정을 느끼는가

자신의 핵심 감정을 이해하기 위해서는 평소 감정적으로 반응하게 되는 상황에 대해 살펴보면 도움이 됩니다. 그 상황마다 자주 느끼는 감정은 무엇인지, 그 감정과 연결된 아동기 기억은 어떠한지, 또한 어린 시절을 생각하면 맨 처음 떠올려지는 초기 기억은 어떤 내용인지 생각해봅니다. 관계에서 느끼는 소외감이 크다면 어린 시절 기억 중 유사한 감정을 느끼게 한 사건을 떠올려보세요. 해당 사건을 겪는 동안 느낀 감정이 무엇인지 차분하게 관찰하고, 그런 후에는 현재의 삶에 그 감정이 어떠한 영향을 주는지 살펴봅니다. 다만 핵심 감정을 통해 알게 된 아동기 기억에 빠져 자신을 측은하게 여기거나 동정하며 슬픔에 빠지지 않아야 합니다. 자신이 그간 보였던 감정을 공감하며 따뜻하게 감싸 안을 때 핵심 감정에서 비로소 자유로워질 수 있습니다. 핵심 감정을 깨달으면 자신에게 도움이 되는 방법으로 관계를 맺으며 효율적인 대처를 할 수 있습니다.

핵심 감정을 이해하게 되었다고 해서 단번에 일상의 관계를 맺는 방식이 달라지지는 않습니다. 오히려 이전과 달리 행동하려고 지나치게 애쓰다 보면 더욱 지난 과거의 일이 원망스럽게 느껴질 수도 있으니 자신에게 여유를 주고 천천히 새로운 방식으로 관계를 맺어보세요. 자신이 이제 어떻게 해야 하는지 알고 있는 것이 중요합니다. 깨달은 것을 조금씩 행동으로 옮기다보면 평소 원했던 관계 가치나 소망에 다시 연결될 수 있을 것입니다. 핵심 감정을 이해하게 되면서 알게 된 여러 감정은 치워버리거나 막아내야 할 감정이 아닙니다. 오히려 다정한 접촉이 필요한 감정인 만큼 온화하게 품으면서 헤아려주세요. 자신이 알아주고 보듬은 감정은 이전과는 달리 강하고 매섭게 삶에 영향을 주지 않을 것입니다. 그러니 안심하세요.

오늘은 핵심 감정과 다정한 인사를 나눠보면 어떨까요.

"마음아, 그동안 많이 힘들었지. 너는 나름대로 나의 빈자리를 채워주기 위해 최선을 다해 왔어. 하지만 마음아, 너는 모든 일을 다소 심각하게 받아들이고 있다고 생각해. 그러니 이제는 편안하게 나와 시간을 보내도록 하자. 나는 언제든 네가 내 곁을 서성일 때 바로 알아보고 다가가도록 할게. 널 밀어내지도 않을 것이고 꾸짖지도 않을 거야. 그동안 고마웠어. 앞으로도 내 마음은 지금과 같을 거야."

나를
사랑하기 위해
내가 해야 할 일

핵심 감정에 다가가기

○ **핵심 감정 찾기**

대인관계에서 자주 느끼는 주된 감정은 무엇인가요? 유독 마음에 오래도록 남는 감정은 어떤 상황에서 시작되나요?

그 감정과 유사했던 어린 시절의 기억을 떠올려봅니다. 감정에 머물러보며 자연스럽게 떠오르는 기억을 기록해봅니다.

아동기 기억 : _____

그때의 감정 : _____

○ 핵심 감정을 위한 편지

마음아,

Self
Compassion
42

나에게 친절해지기란 이리도 어려운 일

일상을 바쁘게 지내다 보면 서로의 안부를 묻는 사소한 일조차 소홀해집니다. 그러다 보니 누군가의 작은 안부에도 마음이 따뜻해지곤 하지요. 심리치료를 위해 클리닉에 오시는 분들을 뵐 때는 시작하는 인사를 건네며 안부를 여쭤보곤 합니다. 그런데 어느 날엔가 한 내담자가 "지난 일주일 동안 안부를 물어온 유일한 분이세요"라고 말하며 고맙다는 인사를 건넵니다. 저 또한 얼마 전에 다른 내담자가 "선생님. 요즘 어떻게 지내세요?"라고 물으며 관심을 기울일 때 진심 어린 마음이 닿아 따뜻함을 느꼈습니다. 누군가의 마음이 담긴 안부는 견뎌내야 할 일이 많은 우리의 일상에 위안이 되곤 합니다. 안부란 상대방이 괜찮은지, 지금 편안하게 잘 지내는지를 생각하는 마음을 담은 말입니다. 그러다 보니 건네는 말에 담긴 마음이 서로에게 닿는 순간 감사함이 됩니다. 그렇다면 따뜻한 마음을 담은 안부를 가끔씩 자신에게 건네보면 어떨까요?

오직 나만 나를 지킬 수 있다

하루에 한두 번 잠시 멈춰서 온전히 내 마음을 느껴봅니다. 그리고는 지금 괜찮은지 자신에게 안부를 물어봅니다. 우리는 자신을 향해 그동안 여러 이야기를 해왔습니다. 자신을 괴롭히는 수많은 말로 자기 비판적인 말을 하면서도 정작 자신의 마음을 헤아리는 일에는 참 무심하지 않은가 싶습니다. 자신은 판단의 대상이 아닌 공감의 대상이어야 하는데, 다른 사람에게는 하지 않는 말도 자신에게는 쉽게 합니다. 자신에게 가장 존중을 받아야 하는데도 실상은 그렇지 않을 때가 많습니다. 자기에게 생명력을 불어넣어 줄 사람은 오직 자신뿐입니다. 아무리 밖에서 좋은 이야기를 들어도 스스로 믿지 못하면 소용이 없듯이 자신의 안녕과 행복을 지켜줄 수 있는 사람은 오직 자신입니다.

나와의 시간 보내기

특별히 마음이 힘들지 않더라도 다른 이의 안부를 묻듯 자신에게 말을 건네봅니다. 하루 중 어느 순간 잠시 멈춰서 마음을 그대로 느끼며 자신에게 애정 어린 관심을 기울여봅니다. 가끔씩은 이전과는 아주 다르게 행동할 때 행복을 발견할 수 있습니다. 우리는 자신에게 조금 더 행복을 줄 수 있는 선택을 할 수 있습니다. 더 넓은 마음으로 더 깨어 있는 방식으로 자기에게 사랑의 힘을 발휘해보세요. 자기를 향한 존엄함은 자신을 밝히는 등불이 되어 밖에서도 이를 보게 될 것입니다. 자신에게 펼치는 에너지는 같은 종류의 진동을 곁으로 부릅니다. 스스로 사랑을 어느 정도 펼칠 수 있는지에 따라 삶으로 불러올 수 있는 사랑의 정도도 달라집니다.

자신과의 시간이 풍요로울 때 내적인 행복과 여유로운 안정감을 느낄 수 있습니다. 내적인 풍요로움은 세상을 대하는 마음에도 영향을 줍니다. 자신에게 안부를 건네며 관심을 기울이는 일이 처음에는 어렵고 불편하고 익숙하지 않을 수 있습니다. 그러나 거듭해서 행하다 보면 마침내 익숙해져서 마음에서 일어나는 변화를 가장 먼저 알아차리고 헤아릴 수 있게 될 것입니다.

마음에 안부를 묻기

오늘의 자기에게 해주고 싶은 조언이나 격려, 위로의 말이 있다면
마음을 담아 전해봅니다.

_____ 에게

오늘 많이 힘들었지….

_____

_____

_____

_____

_____

_____

_____

_____

한번쯤은 눈치 없이 굴어보기

의미 있는 주변 사람들의 인정은 긍정적인 자기 상의 발달뿐만 아니라 자존감에 영향을 줍니다. 그러나 다른 사람의 태도에 지나치게 신경을 쓰다 보면 오히려 타인의 눈치를 살피게 되고 자기 주도성이 낮아집니다. 타인에게 좋은 사람이고자 노력하는 동안 소극적인 위치에 놓일 수 있고, 상대방에게 맞추다 보면 자신의 욕구는 억제되기 쉽지요. 특히 타인에게 수용받고 싶은 욕구가 클수록 사소한 자기 주장조차 하지 못한 채 관계가 지속될 수 있습니다. 혹시나 상대가 자신을 멀리하거나 소홀하게 대할까 두려워 최소한의 갈등도 피하려고 하기 때문입니다. 심지어 상대방의 부적절한 행동에도 반대 의견을 내기보다는 참아내며 순응한 채 지내기도 합니다. 그렇기 때문에 자신의 존재 가치를 타인에게서 찾거나 외부 평가나 승인에 의존해서는 안 됩니다. 오히려 자존감이 낮아지고 무기력해질 수 있기 때문입니다.

자기 수용의 힘

지지적인 관계에 대한 욕구가 크면 비난에 대한 두려움도 커집니다. 수용적인 관계는 심리적 안녕과 긍정적인 자기 모습에 영향을 미칩니다. 그러나 자신의 내면에 있는 애정의 허기를 타인에게서 채우려고 하면 결국 외로움이나 공허함을 느끼게 되지요. 타인의 수용도 중요하지만, 그보다는 자기 수용이 우선시되어야 합니다. 아무리 주변으로부터 좋은 말을 듣거나 인정을 받더라도 근본적으로 자신이 이를 믿지 못하여 부정하게 되면 자신이 바로 마음의 침입자가 되는 것이니까요. 타인과의 관계에서 얻는 안정감으론 늘 갈등이 생길 수밖에 없습니다. 이는 다시 관계를 찾게 되는 이유가 되어 악순환이 초래됩니다.

자기 수용을 잘 하는 법

자기 수용적 환경은 창조적인 과정입니다. 그러니 스스로 만들어나가야 하고 한동안은 꾸준하게 실천해야 합니다. 자신의 좋은 면을 발견하고 있는 그대로 인정하는 노력을 기울보세요. 이를 위해 자신만의 '수용 계획'을 세워봅니다. 일주일간 '자기 수용'을 위해 어떤 말과 행동을 해볼 것인지 생각해보고 그대로 실천합니다. 매주 계획을 세우다 보면 자기에 대한 좋은 태도가 길러질 것입니다. 단, 연습하는 동안 바람만큼 잘 안되더라도 포기하거나 자신을 비난하지 마세요. 특히 다른 사람들과 자신을 비교하며 '다들 자신을 사랑하며 주도적으로 잘 사는데 나만 왜 이럴까?'라는 생각이 든다면 자신을 믿지 못하는 오래된 습관이 작동한 것이니 귀담아듣지 말고 흘려보냅니다.

타인과의 상향 비교는 대개 부정적인 감정에 영향을 줍니다. 만일 타인의 태도나 행동을 통해 자기 의지가 강화된다면 '모델링 효과'의 성공적인 경우이니 동기 유지에 도움이 될 것입니다. 그러나 '그림자 효과'로 인해 상대적 박탈감을 느낀다면 도움이 되지 않는 방식을 과감히 버리길 바랍니다. 다른 사람들이 자신보다 더 나은 삶의 조건을 가졌다는 생각으로 좌절과 낙담 속에 지낼 수 있습니다. 그럼, 하향 비교를 해야 하는지 고민이 될 수 있겠지요. 하향 비교란 자신보다 더 안 좋은 상황의 사람들을 보며 자기가 처한 상황이 나쁜 것만은 아니라는 것을 느끼는 경우를 말합니다. 선행 연구를 보면 하향 비교를 하는 사람들의 주관적 만족감과 행복 수준이 비교적 높은 것으로 나타났습니다. 그러나 가장 중요한 점은 상향 비교이든 하향 비교이든 모든 비교는 상대적 위치를 통한 자기 인식입니다. 이에 자신을 비교나 평가의 대상으로 두기보다는 단지 '자기'로서 받아들이도록 합니다. 이것이야말로 '온전한 수용radical acceptance'이니까요.

자기 수용의 부재에서 타인에게 받는 수용의 만족감이 클수록 다른 사람을 의식하느라 사소한 의사결정조차 눈치를 봅니다. 심리치료 동안 내담자의 자기표현을 늘리기 위해 의사결정 능력을 높이는 활동을 알려줍니다. 일전의 한 내담자가 "룸메이트에게 원하는 걸 얘기했더니 의외로 잘 들어주던데요? 놀랐어요. 혹시나 내키지 않아 하거나, 싫어하면 어쩌나 걱정했는데 괜한 생각이었어요"라고 말하며 다른 사람 눈치를 안 보고 조금 더 편하게 욕구를 표현해야겠다고 하더군요. 이처럼 실제로 자신의 욕구를 드러내야 의견이 관철되는 경험을 할 수 있습니다.

일상에서 의사 표현을 늘리기 위한 계획을 세워볼까요. 어떤 상황에서 할 것이지, 누구에게 해볼 것인지, 어떤 방식으로 할 것인지 등을 생각해봅니다. 무엇보다 욕구가 억제되지 않아야 자기 가치감도 올라갑니다. 또한 사적 시간을 활용하여 자기 주도적 선택을 늘려보세요. 듣고 싶었던 강좌를 신청해보거나, 원하는 스타일의 옷을 선택하거나, 가보고 싶었던 장소에서 머물다 오거나, '아니오'라고 말하는 거절을 늘려보고, 혼자 하는 활동의 기록들을 남기며 의미를 되새겨봅니다.

만일 자신의 삶에서 더 자율적인 선택이 늘어난다면 어떤 일이 일어날까요?

나를
사랑하기 위해
내가 해야 할 일

자기 주도성 높이기

자신의 자율적인 의사결정을 높이기 위한 행동 목록을 작성해봅니다. 자율성을 증진하기 위한 행동을 계획할 때는 성공 경험이 중요하니 낮은 단계부터 시작해서 높은 단계로 계획합니다.

○ **주도적 행동 계획하기**

낮은 단계 : 주도적 행동 목록

1. _____

2. _____

3. _____

중간 단계 : 주도적 행동 목록

1. _____

2. _____

3. _____

높은 단계 : 주도적 행동 목록

1. _____

2. _____

3. _____

○ 타인 의존성 점검하기

타인 의존성 점검하기 항목에서 '5개 이상'이 나오면 관계에서 자율성을 늘리기 위한 활동이나 자기 의사결정을 높이는 선택을 연습할 필요가 있습니다.

> ☐ 일상에서 다른 사람들의 충고가 많아진다.
>
> ☐ 다른 사람에게 의견을 구하지 않으면 어떤 결정을 내리기 어렵다.
>
> ☐ 상대의 지지를 잃게 되거나 화를 낼까봐 반대 의견을 표현하기가 어렵다.
>
> ☐ 자신의 판단이나 능력에 대한 자신감이 없어서 독자적으로 주도적인 활동을 하기 어렵다.
>
> ☐ 다른 사람들로부터 지지나 돌봄을 받기 위해 지나치게 신경쓰며 애쓴다.
>
> ☐ 혼자 있게 될 때 기분이 저하되고 무력감을 느낀다.
>
> ☐ 친밀한 관계가 약화될 경우 초조하고 불안하다.
>
> ☐ 스스로를 돌봐야 하는 상황에 처하게 되는 것에 대해 걱정한다.
>
> ☐ 다른 사람의 눈치를 자주 보게 된다.
>
> ☐ 내 주장을 하는 것보다 상대의 의견을 따르는 것이 더 편하다.
>
> ☐ 스스로 의사결정을 하게 될 때 확신이 잘 서지 않는다.

분노의 덫에 빠지지 않는 법

　분노는 우리의 삶에 있어서 가장 역동적이면서 흥미로운 감정 중 하나입니다. 분노라는 감정이 불필요하다고 생각할 수도 있지만, 어떤 일을 하는 데 필요한 열정과 에너지의 자원으로서의 역할을 하기에 중요합니다. 급격한 외부의 위협으로부터 자신을 보호하거나, 불공정에 맞서거나, 사회적 약자를 보호하고 자신의 안전을 지키는 데 중요한 동력이 되는 감정이기 때문입니다. 분명 적응적인 대응에 도움이 되는 감정이지만, 실제로 우리가 느끼는 분노의 감정은 마치 모임에서 원치 않는 누군가와 마주친 듯한 당혹감을 줍니다. 이는 분노 자체가 강한 감정인지라 조절에 어려움을 겪기 때문이지요.

분노를 모니터링하라

분노를 잘 다스리지 못하면 공격적이고 충동적인 행동이 나타납니다. 사랑하는 사람에게 정서 폭력을 가하거나, 안전을 위협하는 난폭 운전으로 공포감을 주거나, 다른 사람이나 자신에게 해를 가할 수도 있습니다. 이렇듯 분노는 마치 움직이는 커다란 에어볼과 같습니다. 분노 감정을 문제로만 보게 되면 불쾌감이 더욱 커질 수 있는데요, 그보다는 분노를 잘 다루기 위한 방법을 생각하는 편이 효율적입니다. 이를 위해서는 먼저 어떤 상황에서 주로 화가 나는지 살펴봐야 합니다. 감정이 촉발되는 상황을 파악해야 화난 사람으로 살아가지 않게 됩니다. 늘 화를 표출하기만 하면 통제 불능 상태가 되어 스스로가 감정의 포로가 된 채 지낼 수 있습니다. 이에 분노가 유발되는 상황은 언제인지, 그 상황에서 어떤 식으로 화를 표출하는지, 그 행동의 결과는 어떠한지를 면밀하게 살펴봅니다. 이를 객관적으로 확인하기 위해 자기 관찰 일기를 써봅니다. 자기 모니터링을 통해 분노가 진행되는 전 과정을 살핀 후 각각의 상황마다 새로운 대처 방법을 적용해봅니다.

분노 감정은 강렬한 특징이 있습니다. 평소에 대처 방법을 생각해두지 않으면 자칫 감정에 압도되어 원치 않는 결과를 초래할 수 있지요. 우리는 어느 때이든 분노를 느낄 수는 있으나, 누구에게나 공격적인 방법으로 대응하는 것은 아님을 잊지 마세요. 오히려 분노 표출 행동을 그대로 내버려두면 자신이 감정에서 빠져나오지 못하게 되는 '정서적 융합emotuonal fusion' 상태에 놓이게 됩니다. 자신의 감정이지만 오히려 감정이 자신을 통제하게 되는 상황이 일어나는 것이지요.

분노는 마음 안에 감추어진 다른 감정의 일부로서 표현될 수도 있습니다. 어떤 일로 상처받았다고 인정하는 것보다 화를 내는 것이 더 쉬울 수 있기 때문이지요. 그러나 자신의 숨겨진 감정을 받아들이지 못한다면 분노는 계속해서 자라나게 됩니다. 분노 아래로 숨어버린 진짜 감정을 표현하는 것은 오해나 갈등을 줄일 뿐만 아니라 화를 내지 않고도 문제를 해결하는 좋은 방법입니다. 자신의 숨은 감정을 진술하게 드러내지 않는다면 누구도 자신의 마음을 제대로 헤아릴 수 없습니다. 우리는 흔히 상대방이 자신의 마음을 알 수 있으리라고 생각합니다. 때론 내 마음조차 알기 어려운데 다른 사람이 자신의 마음을 이해해줄 것으로 여기며 괜한 오해나 갈등을 만들지 않도록 합니다.

무례하지 않게 욕구를 표현하는 법

자신의 욕구를 잘 표현하기 위해서는 어떻게 해야 할까요. 감정 표현의 단계를 과정별로 살펴보도록 합시다. 이는 효과적인 상호작용을 위해 유념해야 할 지침이기도 합니다.

첫 번째 단계는, '사실만을 말하기'입니다. 자신의 감정을 그 이상으로 확대하거나 축소하지 말고 있는 그대로 전달하는 것을 말합니다. 특히 과장된 표현이나 위협적인 표현은 더욱 주의해야 합니다.

두 번째 단계는, '정직하게 표현하기'입니다. 자신의 욕구를 '나 메시지'로 전달하되 상대에게 어떤 권고나 요청을 하지 않습니다. '나는 며칠간 서로 말을 안 하면 마음이 초조하고 불안해'라고 표현하며 자신이 느끼는 감정을 '나는 ~하다'의 형식으로 전달합니다. 자칫 상대에게 원인을 돌리는 말을 하거나 강하게 통제하는 방식의 주장을 하게 되면 상대는 방어적인 태도를 보일 수 있습니다. 자신의 마음이 잘 전달되어야 다음 단계에서의 서로가 수용적인 요구를 할 수 있습니다.

세 번째 단계는, '정당하게 요구하기'입니다. 이때는 자신이 원하는 바를 상대방에게 표현합니다. 단 여러 요구는 지양하고, 요구 사항은 알기 쉽게 전달합니다. 이 과정에서 상대방의 행동으로 인한 자신의 심리적 보상을 설명해도 좋습니다. '내 이야기를 듣고 난 후에는 느낌이나 의견을 말해줄 수 있을까요?(정당한 요구), 당신의 피드백을 듣게 되면 기분이 참 좋을 것 같아요(보상하기)'와 같은 방식으로 필요한 요청을 제안해보는 것이지요. 만일 상대방이 자신의 요구에 주저한다면 해결을 위한 대안을 요청해봅니다. 자신이 대안을 내놓기보다는 상대방이 대안을 제시할 수 있도록 하면서 서로의 의견을 조정해나갑니다.

특정 상황마다 예외 없이 분노 감정이 촉발된다면 분노 표출 행동으로 이어지지 않도록 즉각적인 자기 통제를 하도록 합니다. 분노 조절 훈련으로서 충동 조절을 위한 방법으로 호흡 조절 훈련이 있습니다. 들숨을 쉬고 잠시 멈춘 뒤에 길게 날숨으로 숨을 내쉬며 이완을 유도합니다. 흔히 4-4-6 호흡법(4초간 들숨, 4초간 멈춤, 6초간 날숨)이라고 하는데 감정 조절에 도움이 됩니다. 숨의 길이는 개인의 호흡 정도에 맞게 조절해도 괜찮습니다. 다만 날숨을 길게 해주면서 긴장을 풀어둔다는 점을 유념하세요. 또한 화가 난 상태에서는 즉시 행동하지 말고 다른 조용한 장소로 이동하거나 산책 등을 통해 강한 감정의 수준을 낮추도록 합니다. 화가 날 때마다 자신에게 진정하라고 말한 후 호흡으로 이완하며 각성을 낮춰보세요.

마지막으로, 상대방의 입장이나 감정을 생각해보는 시간을 가져보세요. 분노 행동에는 충동적이고 자기중심적인 성격 특성이 자리하고 있을 수 있습니다. 그렇기에 상대의 관점에서 자신의 행동을 보았을 때 느낄 수 있는 감정을 이해해보는 시간이 필요합니다. 상대의 감정에 대한 이해나 공감이 부족하다면 궁극적인 개선이 어려울 수 있기 때문이에요.

| 감정 표현의 단계 |

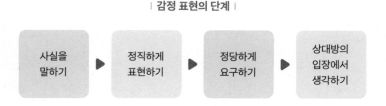

마음에 조바심과 분노가 일어날 때 해야 할 선택이 무엇인지 생각해보세요. 자신의 감정에 떠밀려가다 보면 불안정한 마음에 통제감을 잃고 완전히 길을 헤맬 수 있습니다. 분노를 강하게 표출하는 것은 내면에 있는 폭력에 물을 주는 것과 같아서 씨앗들은 더 크고 강하게 자라게 될 것입니다. 분노에 대한 반

응 태도는 자신이 선택할 수 있습니다. 우리에게는 자유 의지가 있어서 분노라는 강렬한 감정도 부드럽고 유연한 모습으로 대처할 수 있습니다. 오늘, 내 감정의 주인은 누구인가요?

나를 사랑하기 위해 내가 해야 할 일

분노 사용법

자신의 분노 감정을 이해하기 위한 관찰 일지를 작성해봅니다. 일주일간 기록해보며 분노가 일어나는 상황과 과정을 살펴보고 대처 전략을 세워봅니다.

○ **자기 관찰 일지**

날짜와 시간 : _____

무슨 일이 있었는지 : _____

무슨 생각을 했는지 : _____

어떤 감정을 느꼈는지 : _____

어떤 행동을 했는지 : _____

_____

그 결과는 자신에게 어떤 영향을 주었는지 :

_____

앞으로는 어떻게 대처하면 좋을지 :

대처 행동 1. _____

대처 행동 2. _____

대처 행동 3. _____

Self
Compassion
45

기분 좋은 순간 늘리기

일상에서 일정한 활력을 느낄 수 있다면 주관적 웰빙이 높아
질 것입니다. 일상을 기분 좋게 만들기 위한 노력은 긍정적인
정서에 영향을 줄 뿐만 아니라 우울증 예방에도 도움이 됩니
다. 우리는 흔히 어떤 문제가 해결되면 걱정이나 근심이 사라
져서 절로 즐거움이 들 것으로 생각합니다. 그러나 실제 연구
에서는 고민거리가 해결된다고 해서 행복해지는 것은 아니었
습니다. 오히려 걱정스러운 일들 속에서도 즐거움을 만들어갈
때 삶의 활력이 유지되고 자신이 희망하는 미래에 대해서도 긍
정적인 관점을 지니는 것으로 나타났습니다.

관대한 마음에서 시작된다

마음의 즐거움과 편안함을 위해서는 생각을 좀 더 가볍게 대할 수 있어야 합니다. 생각에 붙들리지 않고 살아가기 위해서는 자신이 붙잡고 있는 욕망을 내려놓아야 합니다. 욕망은 탐욕과 근심, 어리석음과 성냄을 만들 뿐입니다. 내면의 평화는 자신이 움켜쥐고 있는 욕망을 내려놓을 때 솟아납니다. 또한 타인과의 관계에서 느끼는 연결감은 삶의 만족감에 영향을 줍니다. 특히 다른 사람을 향한 관대함은 사회적인 유대감을 높이는 강력한 요인입니다. 관대함은 타인을 향한 자애로움뿐만 아니라 자신을 향한 자비와 사랑에도 영향을 주고요. 자신이 좋아하는 일에 전념하며 즐거움을 만들어갈 때 삶의 만족감은 충분해집니다. 일상에서 기분 좋은 순간을 늘리는 것은 정신적인 치유와 균형 있는 삶에 도움이 됩니다. 이를 위해서는 자신의 감정에 주의 깊은 관심을 기울일 필요가 있습니다. 어떤 일에서 좋은 기분을 느끼는지 알려면 한동안 마음을 관찰하며 작은 감정의 변화를 알아차려 봅니다.

삶의 즐거움과 고요함은 모두 자기 안에 있습니다. 살아가다 보면 어느 날은 감당하기 어려운 느낌이 밀려올 때가 있습니다. 그럴 때면 복잡한 마음에서 빠져나와 얼마간이라도 좋아하는 음식이나 차를 즐기며, 또는 산책이나 명상을 하며 마음 회복을 위한 치유의 시간을 갖도록 합니다. 회복 탄력성은 의도적인 돌봄이 있어야 가능합니다. 잠깐이라도 자신을 돌아볼 시간을 갖고 감정의 불균형을 바로잡아 보세요. '의도된 돌봄'은 스트레스로부터 자신을 지키는 보호막이 되어 정신적 평온함을 줄 것입니다.

하루를 시작할 때, 가볍게 해볼 수 있는 매일의 슬로건을 만들어보세요. 그날의 일정이나 상황에 맞는 다짐이나 격려, 응원의 문구나 격언을 하루 동안 자신에게 해주며 수시로 힘을 불어넣어 봅니다. 자신의 정신적 건강을 돌보는 일은 어떤 선택보다 가치로운 일입니다. 활기찬 삶을 살아가는 방법은 늘 있지만 다가서는 선택은 자신에게 있습니다.

나를 사랑하기 위해 내가 해야 할 일

매일의 슬로건 만들기

일상의 활력을 증진할 수 있는 매일의 슬로건을 만들어봅니다. 좋아하는 격언, 단어나 문장 어떤 말이라도 좋습니다.

1day : "_____"

2day : "_____"

3day : "_____"

4day : "_____"

5day : "_____"

6day : "_____"

7day : "_____"

PART 4

120일간의 자기친절 연습

120일간의 자기친절 목록을 소개합니다. 친절한 자기돌봄을 지금 시작해보세요. 매일의 자기친절 미션을 마친 후에는 서명으로 수고한 자신을 인정해주세요.

30일 멘토링

미션	서명
1Day 자기에게 "사랑해"라고 말해주세요	_____
2Day 잠들기 전에 호흡명상을 해보세요	_____
3Day 햇살을 느끼며 30분간 걸어보세요	_____
4Day 좋아하는 노래를 크게 따라 불러보세요	_____
5Day 차의 향기를 느껴보며 천천히 마셔보세요	_____
6Day 세상의 소리에 10분간 귀를 기울여보세요	_____
7Day 부드러운 옷을 입고 감촉을 느껴보세요	_____
8Day 샤워할 때 물의 온도와 소리를 느껴보세요.	_____
9Day 자주 "힘내"라고 말해주세요	_____
10Day 먼저 반가운 인사를 나눠보세요	_____
11Day 오늘은 무조건 "yes"라고 해보세요	_____
12Day 힘들 때마다 미소를 지어주세요	_____
13Day 화내지 않고 지내보세요.	_____
14Day 가까운 사람의 눈동자를 바라보세요.	_____
15Day 자신을 안아주거나 다독여주세요	_____
16Day 나만의 포인트를 주세요(립, 넥타이, 향수 등)	_____

17Day	먹는 동안 맛의 느낌이나 감각에 집중해보세요	_____
18Day	공감을 어떻게든 표현해보세요.	_____
19Day	가까운 주변 사람을 칭찬해보세요	_____
20Day	말보다는 눈으로 세상을 느껴보세요.	_____
21Day	꽃, 책, 티켓 등을 자신에게 선물해보세요	_____
22Day	행복했던 순간을 떠올려보세요	_____
23Day	몸의 긴장을 자주 풀어주세요	_____
24Day	누군가를 먼저 도와주세요	_____
25Day	자신을 위한 축복의 기도를 해주세요	_____
26Day	천천히 부드럽게 이야기해보세요	_____
27Day	자신을 칭찬해주세요	_____
28Day	자신에게 안부를 물어주세요	_____
29Day	한 시간 일찍 수면을 취하도록 하세요	_____
30Day	자기 비난을 멈춰주세요	_____

30일간의 경험 나누기

_____

_____

_____

미션	서명
31Day 과일을 먹으며 맛과 향을 즐겨보세요	_____
32Day 일이 끝나면 싹 다 잊어버리세요	_____
33Day 마음을 가만히 느껴보세요	_____
34Day 낮잠을 자거나 가벼운 산책을 해보세요	_____
35Day 새로운 음식에 도전해보세요	_____
36Day 하고 싶은 말을 표현해보세요	_____
37Day 하나 이상의 대안을 생각해보세요	_____
38Day 바깥으로 나가 하늘과 구름을 바라보세요	_____
39Day 오래전에 즐겨 듣던 음악을 들어보세요	_____
40Day 잠들기 전에 몸을 이완해주세요	_____
41Day 혼자만의 시간을 만들어보세요	_____
42Day 자신을 무조건 응원해주세요	_____
43Day 현재의 순간을 느껴보세요	_____
44Day 비타민을 섭취해보세요	_____
45Day 다른 사람과 다투지 마세요	_____
46Day 달콤한 초코릿이나 음료를 마셔보세요	_____

47Day 평소 가보고 싶었던 장소에 다녀오세요 _____

48Day 무조건 편히 쉬어보세요 _____

49Day 고마웠던 순간을 떠올려보세요 _____

50Day 짜증내지 말아 주세요 _____

51Day 평소와는 반대 행동을 해보세요 _____

52Day 자신을 위로해주세요 _____

53Day 하고 싶지 않은 일은 하지 마세요 _____

54Day 자연의 소리를 들어보세요 _____

55Day 잔소리하지 않고 지내보세요 _____

56Day 방이나 거실, 책상 위를 청소해보세요 _____

57Day 친구에게 응원이나 격려의 메시지를 보내주세요 _____

58Day 너무 애쓰지 마세요 _____

59Day 미뤄두었던 일 중 하나를 시작해보세요 _____

60Day 잠들기 전에 기분 좋았던 순간을 떠올려보세요 _____

60일간의 경험 나누기

_____

_____

_____

90일 멘토링

미션	서명
61Day 무엇이든 깊게 생각하지 않도록 해요	——————
62Day 자신에게 편지를 써주세요	——————
63Day 다른 사람의 장점을 찾아보세요	——————
64Day 좋아하는 책을 보거나 강연을 들어보세요	——————
65Day 노래를 흥얼거리거나 춤을 춰보세요	——————
66Day 좋아하는 사람에게 고백해보세요	——————
67Day 기분 좋은 자기 대화를 해보세요	——————
68Day 힘든 약속이나 부탁을 거절해 보세요	——————
69Day 다른 사람을 따뜻하게 대해주세요	——————
70Day 타인의 말이나 행동에 신경을 끄세요	——————
71Day 후각을 기분 좋게 해주세요(아로마 오일, 향수 등)	——————
72Day 짧은 명상을 자주 해보세요	——————
73Day 느리게 천천히 일상을 보내보세요	——————
74Day 가보고 싶은 여행지를 찾아보세요	——————
75Day 감사의 마음을 표현해보세요	——————
76Day 걷는 동안 주변을 느껴보세요	——————

77Day	마음이 내키는 대로 지내보세요	_____
78Day	작은 용기를 내어보세요	_____
79Day	자신의 장점을 찾아보세요	_____
80Day	너무 진지하게 말하지 마세요	_____
81Day	다른 사람을 웃게 만들어보세요	_____
82Day	의미 있는 순간을 기록해보세요	_____
83Day	자신의 실수를 용서해주세요	_____
84Day	어떤 걱정도 내려놓으세요	_____
85Day	작은 고민거리를 해결해보세요	_____
86Day	건강에 좋은 음식을 챙겨보세요	_____
87Day	좋아하는 격언을 자주 떠올려보세요	_____
88Day	있는 그대로 느껴보세요	_____
89Day	좋은 생각만 하세요	_____
90Day	오래전 사진을 찾아보세요	_____

90일간의 경험 나누기

_____

_____

_____

미션	서명
91Day 저녁에는 무조건 쉬세요	———————
92Day 한 번에 많은 일을 하지 마세요	———————
93Day 지나간 일은 잊어버리세요	———————
94Day 나만의 버킷리스트를 만들어보세요	———————
95Day 좋아하는 아티스트에 몰입해보세요	———————
96Day 완전히 다른 스타일로 옷을 입어보세요	———————
97Day 샤워하면서 노래를 따라불러 보세요	———————
98Day 평소보다 느리게 천천히 걸어보세요	———————
99Day 자신의 감정에 주의를 기울여주세요	———————
100Day 친구와 가벼운 수다를 해보세요	———————
101Day 고마운 분에게 마음을 표현해보세요	———————
102Day 자신에게 수시로 말을 걸어주세요	———————
103Day 어떤 일이든 문제삼지 말아보세요	———————
104Day 한동안 휴대폰에서 벗어나 보세요	———————
105Day '타임아웃'을 알리고 쉬어주세요	———————
106Day 다섯 사람에게 자신의 장점을 물어보세요	———————

107Day 누군가를 격려해주세요 _____

108Day 사랑하는 사람을 위해 기도해주세요 _____

109Day 미안한 사과는 빨리하세요 _____

110Day 밝고 경쾌한 음악을 자주 들어주세요 _____

111Day 억지로 무언가를 하지 마세요 _____

112Day 낙관적으로 생각해보세요 _____

113Day 가벼운 쇼핑을 해보세요 _____

114Day 명상을 하며 좋은 이미지를 떠올려보세요 _____

115Day 한번 더 생각한 후 말하세요 _____

116Day 좋아했던 영화를 다시 보세요 _____

117Day 안 입는 옷을 정리하세요 _____

118Day 나를 위한 음식을 만들어보세요 _____

119Day 바깥으로 나가 하늘이나 구름을 보세요 _____

120day 연락을 못했던 분에게 전화해보세요 _____

120일간의 경험 나누기

_____

_____

_____

남에게는 관대하고 나에게는 엄격한 사람들을 위한 자기친절 수업

내 마음에 상처주지 않는 습관

초판 1쇄 발행 2022년 5월 18일

지은이 김도연

기획편집 김소영
디자인 알레프

펴낸곳 언더라인
출판등록 제 2022-000005호
주소 인천시 서구 봉오재 3로 75
팩스 0504-157-2936
메일 underline_books@naver.com
인스타그램 @underline_books

ISBN 979-11-97861-0-2 03180
© 김도연, 2022, Printed in Korea

진정한 내면의 힘은 '완벽한 나'에서 비롯되는 것이 아니라,

'불완전한 나'를 감싸 안을 때 빛이 납니다.

내 마음에 ✕ 상처주지 않는 습관